U0883045

散文集美于一身

有的字字珠玑，给人以语言之美

有的博大深沉，给人以思想之美

读一篇优美的散文

就是和一颗至纯的心灵晤谈

更是和一位高尚的哲人交流

种子有双绿色的翅膀

王 宁◎编著

图书在版编目（CIP）数据

种子有双绿色的翅膀 / 王宁编著. — 北京：西苑出版社，2011. 5

（让中学生热爱一生的景物散文）

ISBN 978-7-5151-0029-6（2017.2重印）

Ⅰ. ①种…　Ⅱ. ①王…　Ⅲ. ①散文集—世界　Ⅳ. ①I16

中国版本图书馆CIP数据核字（2011）第099466号

种子有双绿色的翅膀

编　　著 王　宁

责任编辑 蒋炎兰

开　　本 710mm × 1000mm　1/16

印　　张 14

字　　数 250千字

版　　次 2011年9月第1版　2017年2月第2次印刷

印　　刷 北京龙跃印务有限公司

书　　号 ISBN 978-7-5151-0029-6

定　　价 35.00元

出版发行 西苑出版社　北京市朝阳区利泽东二路3号　邮编：100102

发 行 部（010）84254364

编 辑 部（010）84250838

总 编 室（010）64228516

网　　址 http://www.jccb.com.cn

电子邮箱 jinchengchuban@163.com

法律顾问 陈鹰律师事务所　（010）64970501

前言

雕塑大师罗丹说："生活中并不缺少美，而是缺少发现美的眼睛。"生活所给予我们的，我们并没有全部接受，我们忽略了很多不该忽略的东西。

我们忽略了花草树木、鸟兽虫鱼之美。我们只想着要看姹紫嫣红的名花奇葩，却没有注意到牵牛花默默开出了粉色的小喇叭，没有看到堆满碎石残瓦的废墟间窜出顽强的狗尾草，没有意识到不起眼的丝瓜竟似乎有了思想，没有料到那被捉的麻雀竟有拒绝进食的坚贞气节……

我们忽略了四季之美。我们躲在失去冷暖的空调屋里，早已忘却了四季独特的味道。我们没有注意到春风阵阵吹拂时，幼苗正从冰冷的土地里拱出来，新叶正从光秃秃的枝丫上冒出来；没有注意到热情似火的夏日里，成荫的柳树垂下大把大把的胡须，池塘中鼓眼睛的蜻蜓小憩在羞红的花苞上；没有注意到秋风乍起，漫山遍野换上金黄的衣装，正上演一场规模宏大的悲怆戏剧；没有注意到冬雪纷飞，寒风刺骨时，油绿的麦苗正在白色棉被的温存下蓄势待发……

我们忽略了山水之美。我们只顾着游走于名山胜水，只想着"会当凌绝顶，一览众山小"，却没有在意山道旁潺潺不息的溪流，没有听见深山中喃喃细语的叮咚泉声，没有看见林间枝头唠嗑儿的三两只小鸟。我们常常忘记窥探那翠竹深处的木屋人家，搜寻那埋没在淡墨色烟雾中的渔船，细看那翻滚着金色波浪的麦田，张望那深情拥抱着蓝天白云的草原……

这些美好就在我们身边，可惜我们常常视而不见。在快节奏的当今社会，我们忘记了观察，忽略了欣赏……总有一些事情纠缠着我们，将我们推向心力交瘁的境地，不知从什么时候开始，我们离大自然渐行渐远，我们的日子千篇一律，我们的生活味同嚼蜡，总是缺少一些感动、一些激情，或是一些温暖。我们的生活需要丰满，我们的心灵需要滋润。我们急需能深入人心的景物散文读本，引领我们拥抱自然，滋润渐趋干涸的心灵。

本书精选百余篇自然风光类景物散文，既有家喻户晓的名人名篇，又有真切动人的草根佳作，可谓中外名篇兼容并包，新老名家齐聚一堂。花草树木，鸟兽虫鱼，小桥流水……大自然的美妙尽收眼底。为了给青少年打造称心书，本书充分考虑青少年的阅读习惯和理解水平，对一些篇章进行了分寸得当的删减处理。博大全面的搜罗，科学清晰的划分，细致恰当的处理，为青少年打造最全面、最优美、最适宜的景物散文珍品。

美充溢在生活的每个角落，需要我们用心来欣赏。学会欣赏，美丽无限。走进本书，捕捉生活中的美，为心灵开一扇窗，做生活中的有心人。

编 者

目录

花落的声音

果园杂记

一只丑陋的狗

同命运的小鱼

鸟的天堂

家乡的桥

白杨礼赞

昆虫的故事

古土罐

花落的声音

养花

——老舍

我爱花，所以也爱养花。我可还没成为养花专家，因为没有工夫去作研究与试验。我只把养花当做生活中的一种乐趣，花开得大小好坏都不计较，只要开花，我就高兴。在我的小院中，到夏天，满是花草，小猫儿们只好上房去玩耍，地上没有它们的运动场。

花虽多，但无奇花异草。珍贵的花草不易养活，看着一棵好花生病欲死是件难过的事。我不愿时时落泪。北京的气候，对养花来说，不算很好。冬天冷，春天多风，夏天不是干旱就是大雨倾盆；秋天最好，可是忽然会闹霜冻。在这种气候里，想把南方的好花养活，我还没有那么大的本事。因此，我只养些好种易活、自己会奋斗的花草。

不过，尽管花草自己会奋斗，我若置之不理，任其自生自灭，它们多数还是会死了的。我得天天照管它们，像好朋友似的关切它们。一来二去，我摸着一些门道：有的喜阴，就别放在太阳地里，有的喜干，就别多浇水。这是个乐趣，摸住门道，花草养活了，而且三年五载老活着、开花，多么有意思呀！不是乱吹，这就是知识呀！多得些知识，一定不是坏事。

我不是有腿病吗，不但不利于行，也不利于久坐。我不知道花草们受我的照顾，感谢我不感谢；我可得感谢它们。在我工作的时候，我总是写了几十个字，就到院中去看看，浇浇这棵，搬搬那盆，然后回到屋中再写一点，然后再出去，如此循环，把脑力劳动与体力劳动结合到一起，有益身心，胜于吃药。要是赶上狂风暴雨或天气突变哪，就得全家动员，抢救花草，十分紧张。几百盆花，都要很快地抢到屋里去，使人腰酸腿疼，热汗直流。第二天，天气好转，又得把花儿都搬出去，就又一次腰酸腿疼，热汗直流。可是，这多么有意思呀！不劳动，连棵花儿也养不活，这难道不是真理么?

送牛奶的同志，进门就夸“好香”！这使我们全家都感到骄傲。赶到昙花开放的时候，约几位朋友来看看，更有秉烛夜游的神气——昙花总在夜里放蕊。花儿分根了，一棵分为数棵，就赠给朋友们一些；看着友人拿走自己的劳动果实，心里自然特别喜欢。

当然，也有伤心的时候，今年夏天就有这么一回。三百株菊秧还在地上（没到移入盆中的时候），下了暴雨。邻家的墙倒了下来，菊秧被砸死者约三十多种，一百多棵！全家都几天没有笑容！

有喜有忧，有笑有泪，有花有实，有香有色，既须劳动，又长见识，这就是养花的乐趣。

花落的声音

——张爱玲

家中养了玫瑰，没过多少天，就在夜深人静的时候，听到了花落的声音。起先是试探性的一声“啪”，像一滴雨打在桌面。紧接着纷至沓来的“啪啪”声中，无数中弹的蝴蝶纷纷从高空跌落下来。

那一刻的夜真静啊，静得听自己的呼吸犹如倾听涨落的潮汐，整个人都被花落的声音吊在半空，竖着耳朵。听得心里一惊一惊的。

早起，满桌的落花静卧在那里，安然而恬静。让人怎么也无法相信，它曾经历了那样一个惊心动魄的夜晚。

玫瑰花即使落了，仍是活鲜鲜的，依然有一种脂的质感，缎的光泽和温暖。我根本不相信，这是花的尸体。总是不让母亲收拾干净，看着它们脱离枝头的拥挤，自由舒展地躺在那儿。似乎比簇拥在枝头，更有一种遗世独立的美丽。

这个世界，每天似乎都能听到花落的声音。

像樱、梨、桃这样轻柔飘逸的花，我从不将它们的谢落看做一种死亡。它们只是在风的轻唤声中，觉悟到自己曾经是有翅膀的天使，它们便试着挣脱枝头，轻轻地就飞了出去……

有一种花是令我害怕的。她不问青红皂白，没有任何预兆，在猝不及防间，整朵整朵任性地、鲁莽地、不负责任地就滚下来，真让人心惊肉跳。曾经养过一瓶茶花，就是这样触目惊心的死法。我大骇，从此怕了茶花，怕它的极端和刚烈。

只有乡野那种小雏菊，开得不事张扬，谢得含蓄无声。它的凋零不是风暴，说来就来，它只是依然安静温暖地依偎在花托上，一点点地消瘦，一点点地憔悴，然后不露痕迹地在冬的萧瑟里，和整个季节一起老去。

牵牛花

——叶圣陶

手种牵牛花，接连有三四年了。水门汀地没法下种，种在十来个瓦盆里。泥是今年又明年反复用着的，无从取得新的泥来加入，曾与铁路轨道旁种地的那个北方人商量，愿出钱向他买一点儿，他不肯。

从城隍庙的花店里买了一包过磷酸骨粉，搀和在每一盆泥里，这算代替了新泥。

瓦盆排列在墙脚，从墙头垂下十条麻线，每两条距离七八寸，让牵牛的藤蔓缠绕上去。这是今年的新计划，往年是把瓦盆摆在三尺光景高的木架子上的。这样，藤蔓很容易爬到了墙头；随后长出来的互相纠缠着，因自身的重量倒垂下来，但末梢的嫩条便又蛇头一般仰起，向上伸，与别组的嫩条纠缠，待不胜重量时重演那老把戏；因此墙头往往堆积着繁密的叶和花，与墙腰的部分不相称。今年从墙脚爬起，沿墙多了三尺光景的路程，或者会好一点儿；而且，这就将有一垛完全是叶和花的墙。

藤蔓从两瓣子叶中间引伸出来以后，不到一个月工夫，爬得最快的几株将要齐墙头了，每一个叶柄处生一个花蕾，像谷粒那么大，便转黄萎去。据几年来的经验，知道起头的一批花蕾是开不出来的；到后来发育更见旺盛，新的叶蔓比近根部的肥大，那时的花蕾才开得成。

今年的叶格外绿，绿得鲜明；又格外厚，仿佛丝绒剪成的。这自然是过磷酸骨粉的功效。他日花开，可以推知将比往年的盛大。

但兴趣并不专在看花，种了这小东西，庭中就成为系人心情的所在，早上才起，工毕回来，不觉总要在那里小立一会儿。那藤蔓缠着麻线卷上去，嫩绿的头看似静止的，并不动弹；实际却无时不回旋向上，在先朝这边，停一歇再看，它便朝那边了。前一晚只是绿豆般大一粒嫩头，早起看时，便已透出二三寸长的新条，缀一两张长满细白绒毛的小叶子，叶柄处是仅能辨认形状的小花蕾，而末梢又有了绿豆般大一粒嫩头。有时认着墙上斑剥痕想，明天未必便爬到那里吧；但出乎意外，明晨竟爬到了斑剥痕之上；好努力的一夜工夫！“生之力”不可得见；在这样小立静观的当儿，却默契了“生之力”了。渐渐地，浑忘意想，复何言说，只呆对着这一墙绿叶。

即使没有花，兴趣未尝短少；何况他日花开，将比往年盛大呢。

雏菊

——（法国）雨果

前几天我经过文宪路，一座连接两处六层高楼的木栅栏引起我的注意。它投影在路面上，透过拼合得不严紧的木板，阳光在影上画线，吸引人的平行金色条纹，像文艺复兴时期美丽的黑缎上所见的。我走近前去，往板缝里观看。

这座栅栏今天所围住的，是两年前，1839年6月被焚毁的滑稽歌舞剧院的场地。

午后二时，烈日炎炎，路上空无人迹。

一扇灰色的门，大概是单扇门，两边隆起中间凹下，还带洛可可式的装饰，可能是百年前爱俏的年轻女子的闺门，正安装在栅栏上。只要稍稍提起插栓就开了。我走了进去。

凄凄惨惨，无比荒凉。满地泥灰，到处是大石块，被遗弃在那里等待，苍白如墓石，发霉像废墟。场里没有人。邻近的房屋墙上留有明显的火焰与浓烟的痕迹。

可是，这块土地，火灾以后已遭受两个春天的连续毁坏，在它的梯形的一隅，在一块正在变绿的巨石下面，延伸着埋葬虫与蜈蚣的地下室。巨石后面的阴暗处，长出了一些小草。

我坐在石上俯视这棵植物。天啊！就在那里长出一棵世界上最美丽的小小的雏菊，一个可爱的小小的飞虫绕着雏菊娇艳地来回飞舞。

这朵草花安静地生长，并遵循大自然的美好的规律，在泥土中，在巴黎中心，在两条街道之间，离王宫两步，离骑兵竞技场四步，在行人、店铺、出租马车、公共马车和国王的四轮华丽马车之间，这朵花，这朵临近街道的田野之花激起我无穷无尽的遐想。

十年前，谁能预见日后有一天在那里会长出一朵雏菊！

如果说在这原址上，就像旁边的地面上一样，从没有别的什么，只有许多房屋，就是说只有房产业主、房客和看门人，以及夜晚临睡前小心翼翼地灭烛熄火的居民，那么在这里绝对不会长出田野的花。

这朵花凝结了多少事物，多少失败和成功的演出，多少破产的人家，多少意外的事故，多少奇遇，多少突然降临的灾难！对于每晚被吸引到这里来生活的我们这班人，如果两年前眼中出现这朵花，这帮人会惊骇地把它当做幽灵！命运是多么作弄人的迷宫，多少神秘的安排，归根结底，终于化为这洁光四射的悦目的小小黄太阳！

必须先要有一座剧院和一场火灾，即一个城市的欢乐和一个城市的恐怖，一个是人类最优美的发明，一个是最可怕的天灾，三十年的狂笑和三十小时的滚滚火焰，才生长出这朵雏菊，赢得这飞虫的喜悦！

对善于观察的人，最渺小的事物往往就是最重大的事物。

红叶

——孙伏园

因为看红叶，特地跑到绍兴去。上海是春天连蝴蝶也不肯光降的，秋天除了墓地里的法国梧桐呈着枯黄以外，红叶这一样东西是从未入梦，更何论实景了。

绍兴是水乡，但与别处的水乡又不同，因为原来是鉴湖，以后长出水田来，所以几百里广袤以内，还留着大湖的痕迹，在这大湖中，船舶是可以行驶无阻的，几乎没有一定的河道，只要不弄错方向，舟行真是左右逢源。

在这样交叉的河道的两旁，我们鉴赏着绍兴的红叶。红叶是各地不同的，我与春苔、以刚两位谈论着：绍兴的是柏叶，红叶丛中夹着白色柏实，有的只有是红半片，余下的半片还是黄绿，加上柏之实的白色，是红绿白三色相映了；杭州的是枫叶，是全树通红的，并没有果实等等去冲淡它，除了最高处的经不起严寒变成了灰红色以外；北京人最讲究看红叶，这时我想起老友林宰平先生来了，我们的看红叶完全是他提起兴趣来的，也赖他的指示，知道北京人所谓看红叶完全是看的柿叶。柿叶虽然没有像绍兴柏树那般绿白的衬色，也没有像杭州枫叶那般满树的鲜红，但柿树也有它的特色，就是有与柿叶差不多颜色的柿子陪伴着，使鉴赏者的心中除了感到秋冬的肃杀之外，还感到下一代的柿树将更繁荣的希望。

这时候我不知怎的，突然发生一种悲哀的预感，觉得我们的眼福渐渐缩小了。这不是很明显的事么，我们今年就没有看到京西的红叶。北京的柿子是著名的，虽在大雪的天气，整车的红柿子还推着沿街叫卖，柿子上盖着一层薄雪，因为老年人说吃了可以戒煤毒的，所以大家不怕冻地坦然吃着。而在上海是，要想买一个好好的柿子也得不到。桔子与苹果，是有“生基斯德”的，我们不愁没得吃。生基斯德如果不运桔子苹果来，我们一定没有桔子苹果吃了，柿子就是个好例。十几年前，一到这个时候，不是广东的柑子，福州的蜜桔，浙江的黄岩桔，都要上市了吗？生基斯德一到，这些东西完全销声匿迹了。而柿子更脆弱，简直不等生基斯德到，早已吓得魂不附体，不敢跨入洋场一步了。

于是我们大在绍兴吃柿子。我预料，果子的命运，与民族的命运，也许是有一脉相通的。上海现在已经没有柿子的足迹，绍兴的领域也许只是十年五年的事了，再过五十年，一定只有深山荒谷里还找得着，与台湾的“番席”一样，必有汉人挑了担子从深山荒谷出来，一担柿子换一盒火柴回去，而这担子一入洋场，便放进玻璃柜里，上面写着大字广告：“华柿：新从深山荒谷得来，曾耗去子弹三万粒，步马枪各五千杆，本店店员采办队，尚有十八人负伤住院未愈，除略去医药费外，特别廉价出售，以飨各界士女，每个洋五十元整”云。

岂但柿子的命运如此，衣食住各项的命运无一不如此。你到上海木器铺里去问，他们有没有一件木器，是用完全中国的木料，中国的油漆，中国的铁链做的？当然没有的。木料是从斐列滨、日本运来，漆是一擦便掉的，中国的锁钥无人中意，也只好改用洋锁了。最使你听了惊异的是，如果你一旦驾鹤仙游了，棺材也非斐列滨日本的木材不办，龙游寿木的来源据说早经断绝了。举个最近的例，我们这个《贡献》杂志的书皮上不是有一条棉线么，在上海各处大小杂货铺里搜了两三天，竟得不到一根中国的棉线，结果还是用J. P. Coats的。

趁时看看中国的红叶，大概不久也要没有得看了。

水仙

——菡子

病院一个月的日子，全在水仙花中过去了。寒冬腊月，在那一片白色的病房里，每个床桌前都有一簇渐渐上升的绿叶。四九过后一天，罕遇的暖流从南方卷来，有些水仙竞放着错落有致的白花，中央一颗黄金般的心。病友奔走相告，正如养花的主角于的愿望：我们要建立一个“快乐的病院”，以区别于其他。虽然这里也有呻吟，也有不幸，各有各的病痛。两个病友在夜晚默默地离开了我们。

这是第一次的花讯，看来花潮还在后面。二楼和三楼正迷漫着一股“水仙热”。

这里的水仙千姿百态。想起过去养的或者偶尔在外面看见长得蒜叶一般的水仙，不禁讪笑起来，现在才觉得细心雕刻和精养水仙的乐趣。大家围着于，她原是教育家，在福建呆过二十年，从她那里源源而来的正出自水仙的故乡。那些在泥里埋了三年的“土仙”，来时不过是一个个特大号的荸荠，都紧裹着身子，仅露出两三处芽儿。刻上一两小时，使它摆脱束缚，显露了自然的玉姿。我看那白玉般的小小的殿堂里，孕藏着橄榄形

的黄花，一朵、两朵，最多的六朵。不久她将是亭亭玉立的水仙花，现在却微笑着不作声儿。每天睁眼就看她，看不厌的。刻后冲掉她身上的粘汁，合伏着泡在水里，每天就是不换水的时候，也爱翻过来看她。花呀，叶呀，那真是怒放啊！你想不到这是用锋利的刀刻出来的。真怪，她经受开膛破肚的手术，却出落得这个样子，叶和花都像玉琢的一样。由于刻的人刀法不同，长的模样也不一样，有佛手形的，有的菊花一般，有的竟卷曲成一座假山。生长之中，不问哪儿的叶子，都像众星托月似的，对着花儿看，形成包围的形势。从脸盆里取出来，分别放在水仙盆里养着，经过阳光照射，绿了，粗壮了，花儿被裹在透明的包里，自己会从叶丛中钻出来。弯曲的叶子，像在对她顶礼膜拜。每天这么看着，觉得水仙也似在与人对话。（节选）

落葵

——简媜

在最荒废的角落，也可能照见小小的美好，那丛野落葵就是如此。

在最荒废的角落，也可能照见小小的美好。

人总是企求圆满，寻常人情如此，平凡的生活事物也用心营造，期待在众物皆备的情境下，开始释放情感，使人与物相互交融而享有美好。

所以好花需配以好瓶，置于厅堂中最好的位置，又讲究地铺设娟秀的桌巾作为底衬，如此才放心赏花。这固然是人的本性，精心去实践一份美，但牵涉的细节有些非人能控制。小处瓶花如此，扩及人情世故亦是如此，往往可得者十分不及三，美无法圆满地被实现，人也在缺憾中惊心度日了。

或许行年渐晚，深知在劳碌的世间，能完整实践理想中的美，愈来愈不可得，触目所见多是无法拼凑完全的碎片。再要苦苦怨忿世间不提供，徒然跟自己倒戈而已。想开了，反而有一份随兴的心情，走到哪里，赏到哪里。不问从何而来，不贪求更多，也不思索第一次相逢是否最后一次相别。

遇见那丛野落葵就是如此。

去夏台风季节，菜价翻了好几次筋斗。我们决定自力救济，到那块六十多坪的荒地上找去年种的地瓜叶。空地挨着屋舍，平常多余的花籽、树苗随手乱种，长得最好的当然是五节芒、杂草。还好，地瓜命硬，勉勉强强夺了一方土地，叶子又瘦又小，摘不到几回，束手无策了。

后花园鱼池畔，搭着的一面网墙上，落葵任劳任怨爬出半壁江山，由于阳光不足，倒像一队老兵残将，仗还没打完．个个病恹恹地躺在路旁呻吟。我打量了半天，该下山买菜认输呢，还是再撑几天尊严？落葵是民间常见的草药之一，据说有利肠胃亦能降火，抬眼一看，它又像背医箱行吟江湖的大夫，顺着墙根网壁爬，一路悬壶济世。春日结紫珠果时，曾摘了一碗，捏破珠果，滤出紫液用来染素棉纸，倒也淡雅。早知落葵的叶可食，平日太平盛世没机会吃它，不知味道如何？想必比王宝钏苦守寒窑摘食的马齿苋要好吧。

果然香嫩滑口，也可能心理因素，愈是缺菜愈渴望食蔬，吃起来添了珍贵之感。

菜荒解除前，那棵落葵早秃了。恢复菠菜、小白菜、水蕹的日子后，偶尔食箸之际，还想起落葵的救命之恩，它的香嫩是真的滑入记忆了。

没想到还有一次缘。某日上山，原想找一棵去年发现的薏苡，却意外在杂树间看到丰饶的落葵丛，赶紧跑回家叫人手，拿个大篓子去摘落葵。那条路是荒径，虽人迹来往，恐怕认得落葵的人不多，就算看到，也不晓得它是鲜美的野菜。

我们摘到日暮黄昏才歇手，欢愉地像诗经时代的女人背一大篓野菜回家，连续几天，餐餐有一盘快炒蒜爆的葵叶，它特有的嫩液也成为舌瘾了。

吃光最后一把落葵，相约再采。才几天不见，那条荒径已被全部清除，想必是附近那位勤劳的老妇，她常常开垦废地，撒菜籽、搭瓜棚，用红塑胶绳围出一畦畦菜圃。诗经时代人人可采的野菜一下子变成现代老妇的私人田园。她并不知道镰刀扫倒的，除了落葵还有很多可以用来烹茶祛暑的青草。至少，她不知道落葵有多好。

我仍记得那丛丰饶的落葵，野外第一次相逢也是相别，但在记忆里，第一次变成最好的一次。

茶花赋

——杨朔

久在异国他乡，有时难免要怀念祖国的。怀念极了，我也曾想：要能画一幅画儿，画出祖国的面貌特色，时刻挂在眼前，有多好。我把这心思去跟一位擅长丹青的同志商量，求她画，她说："这可是个难题，画什么呢？画点零山碎水，一人一物，都不行。再说，颜色也难调，你就是调尽五颜六色，又怎么画得出祖国的面貌？"我想了想，也是，就搁下这桩心思。

今年二月，我从海外回来，一脚踏进昆明，心都醉了。我是北方人，论季节，北方也许正是搅天风雪，水瘦山寒，云南的春天却脚步儿勤，来得快，到处早像催生婆似的正在催动花事。

花事最盛的去处数着西山华庭寺。不到寺门，远远就闻见一股细细的清香，直渗进人的心肺。这是梅花，有红梅、白梅、绿梅，还有朱砂梅，一树一树的，每一树梅花都是一树诗。白玉兰花略微有点儿残，娇黄的迎春却正当时，那一片春色啊，比起滇池的水来不知还要深多少倍。

究其实这还不是最深的春色。且请看那一树，齐着华庭寺的廊檐一般高，油光碧绿的树叶中间托出千百朵重瓣的大花，那样红艳，每朵花都

像一团烧得正旺的火焰。这就是有名的茶花。不见茶花，你是不容易懂得“春深似海”这句诗的妙处的。

想看茶花，正是好时候。我游过华庭寺，又冒着星星点点细雨游了一次黑龙潭，这都是看茶花的名胜地方。原以为茶花一定很少见，不想在游历当中，时时望见竹篱茅屋旁边会闪出一枝猩红的花来。听朋友说：“这不算稀奇。要是在大理，差不多家家户户都养茶花。花期一到，各样品种的花儿争奇斗艳，那才美呢。”

我不觉对着茶花沉吟起来。茶花是美啊。凡是生活中美的事物都是劳动创造的。是谁白天黑夜，积年累月，拿自己的汗水浇着花，像抚育自己儿女一样抚育着花秧，终于培养出这样绝色的好花？应该感谢那为我们美化生活的人。（节选）

半朵玫瑰

——张抗抗

时至六月，有报道说，京郊妙峰山的千亩玫瑰已盛开，诚邀游客前往观赏。

妙峰山一带种植玫瑰花已有百余年历史，由于当地的气候和湿度，玫瑰植株壮硕，花朵密集，香气浓郁，是提炼玫瑰油和香精的优等原料。

想想吧，当你沐浴在千亩姹紫嫣红、花气袭人的玫瑰海中，那是什么样的感觉和情致，会有什么样的愉悦和欢欣啊。

那个周末，我急急赶往妙峰山去，唯恐错过了它鲜艳欲滴的花期。

山路蜿蜒，重山叠翠，车至山脚下的小村落，已近中午时分，满山绿树葱茏，唯独不见万绿丛中的点点玫瑰；一路询问，山民说那些玫瑰都种在山顶，便又匆匆上山；到了山顶，仍是只见苍松云霭，不见玫瑰的半点踪影。不少慕名而来的游客，都在纷纷打听玫瑰究竟何在，摆摊的山民指指山后，人们赶紧翻山越岭而去。忽听一声尖叫，说玫瑰玫瑰！定睛细看，山坡上果然是一大片一大片的玫瑰园，一棵棵玫瑰植株枝繁叶茂，挺拔灵秀，只是，眼前仍一色波澜起伏的浓绿，那玫瑰只有叶片没有花朵，任是把眼睛瞪得再大，也望不见一片红艳艳的玫瑰花瓣。

莫非是玫瑰尚未开么？绿叶丛中，晃动着无数个直立而紧闭的花蕾。

失望之余，拿出随身携带的望远镜，难道还真找不出一朵绽开的玫瑰么？

镜片在细碎的绿叶丛中移动探究了很久，最后模模糊糊地出现在镜头上的，是一簇看上去很新鲜、但显然已是残缺不全的半朵玫瑰花。

隐隐地有些心痛，面对远处那不知被风撕碎还是被雨冲断的半朵玫瑰，无心久留，悻悻走回到山顶去问摊主：为何到了玫瑰园，还是见不到大片盛开的玫瑰？

摊主诡秘一笑说：我们这儿的玫瑰，不是给人看的，是用来过日子的。那花儿一大早就开了，开了就得让人采下来，好去卖钱啊。你们真想看玫瑰，得早晨七点钟以前来，过了时辰，枝上只有明天才开的花骨朵了……其实，买一袋这个回去也一样，不都是玫瑰嘛，一块钱一袋……

这才注意到摊位上有一些蔫谢零落的玫瑰花瓣，被装在一只只食品袋里，等待出售。恍然明白山上那半朵玫瑰，是山民采摘时不留意剩下的。

可这半朵玫瑰，距千亩玫瑰花海，相去何其之远呵。

终于懂得妙峰山千亩玫瑰开放的盛况，实际上，几乎没有游客能够观赏得到。那是一个虚拟的幻象。美丽正在加剧被榨取出昂贵的经济价值，然后作为商品出售，或是被无情地毁坏和亵渎；自然之物的审美价值，最后将只存在于我们的想象和感觉之中。

风中的狗尾草

——周根基

夕阳西下，半边天铺满了红霞，一丛狗尾草在风中恣意地舞动着。

这是一块被几栋楼宇围成的“凹”字形空地，也许它的主人暂时还没想对它进行开发，也许主人根本忘了有这样一块地方。空地上堆满了建筑结束后遗下的碎石砖块，许多野生草本植物在废墟上顽强而茁壮地生长着。

我找回刚才不小心从外面踢进来的足球，然后注视着废墟中央那一丛茂盛的狗尾草。她修长柔韧的茎子，顺着风的方向时徐时疾、优雅地摇曳着，那顶毛茸茸的花穗也随着来回摆动，好像一只只顽皮的小狗，躲在草丛中和主人捉迷藏，得意忘形时却翘起可爱的小尾巴。小时候，我和我的伙伴们也曾在这样的草丛里，玩打仗，捉迷藏，捕蚱蜢……直到大人们来叫回家吃饭，才揪一根狗尾草衔在嘴里，或者用来拍打在空中飞舞的蜻蜓，一路高呼着奔回家，然后把狗尾草插到天井的破罐里，这也是那时我们简陋的家里最美丽的装饰。而现在，我自己已有了一个宽敞舒适的房间，窗台上，种满了高贵典雅的玫瑰……

我突然感到鼻子一酸，一股热流涌上了眼眶，狗尾草的身影化成一片

闪动的白光。要不是这次把球碰巧踢了进去，兴许，我会永远忘了那曾经给我的童年带来无限乐趣的平凡而坚韧的狗尾草！

人总是这样，当我们在热情地追逐着物质的繁华时，往往会忽视了那些在身边曾带给自己欢乐的，最简单质朴的东西，而当我们再记起时，可能只有在文字或图片里寻找它们的痕迹了。再坚韧顽强的狗尾草，又怎能阻止人类无休止膨胀的欲望呢？

春拂玉兰枝

——荒平

水仙已凌波远逝，梅花也闭门谢客，斗妍一时的山茶花也已落英满地，只留下了几声游人的叹息。

冬天总是要过去的，而春天呢？而春天也总是伴着料峭的风和瘦弱的雪向我们走近。

我是到断桥去寻残雪的，可是寻到的只是满地的泥泞。然而我敏感的心却突然震颤，我仿佛感觉到背后有轻盈的脚步在向我走来。我像是初恋的情人。她也总是悄然而至，在我等待得不耐烦之时，突然如一阵轻风似的出现在我背后，给我以意外的惊喜。

我蓦然回首，哑然失笑。

初恋的记忆，早已如逝去的水仙，只留下几丝淡淡的馨香的回味。

不过感觉并没有骗我，在我的背后，在鲜为人至的几块山石的缝隙间，立着一树灿然欲笑的玉兰花。

我禁不住心头的狂喜，像骤遇久别的知友，像乍闻倾心的乐音，像见到一幅心慕已久的古画，像长途跋涉于沙漠之中看到一汪清泉……怪不得在断桥找不到残雪，雪都已由春之手重新雕塑成花瓣，缀在这枝头了。

有人以“冰清玉洁”四字来形容她，可是这四字并不能全部概括玉兰之美，因为玉兰还有着几分清香，还有着一缕情魂。

古人曾将雪和梅花做过对比，说“梅须逊雪三分白”，又说“雪却输梅一段香”。假如将雪梅和玉兰相比呢？她既不逊雪之白，也不输梅之香。

难怪，梅要闭门谢客；也难怪，雪要消融于地。

玉兰是值得骄傲的。

她挺然而带温情；她单纯而不雕琢；她热烈，却又脆弱，她简直就是青春的缩影——短暂，但又无限的美好！

春拂玉兰枝。珍惜这春，珍惜这玉兰，珍惜这属于自己的青春……

一树紫桐花

——朱千华

三月桐，花似雪。

被阳光和雨水洗过的天空，开满白的和粉紫的花。清丽，淡雅，明亮。

桐花闪过绿叶，栖息在梦幻的枝头。触摸五彩云霞，雨露阳光。十里麦田十里锦，一路桐花一路春。洁净的情怀，满心的欢畅，还有令人陌生的喜悦，在那样的高度，肆意绽放。

开吧，开就开出一个蔚蓝色的天空；开吧，开就开出一个绝世的容颜，让你那炫目的亮色，照透我每一个清寂的夜晚。暗香浮动，迎风含笑，像一个浮游的梦。

月下何所有，一树紫桐花。

果园杂记

菜花

——孙犁

每年春天，去年冬季贮存下来的大白菜，都近于干枯了，做饭时，常常只用上面的一些嫩叶，根部一大块就放置在那里。一过清明节，有些菜头就会鼓胀起来，俗话叫做菜怀胎。

慢慢把菜帮剥掉，里面就露出一株连在菜根上的嫩黄菜花，顶上已经布满像一堆小米粒的花蕊。把根部铲平，放在水盆里，安置在书案上，是我书房中的一种开春景观。

菜花，亭亭玉立，明丽自然，淡雅清净。它没有香味，因此也就没有什么异味。色彩单调，因此也就没有斑驳。平常得很，就是这种黄色。但普天之下，除去菜花，再也见不到这种黄色了。

今年春天，因为忙于搬家，整理书籍，没有闲情栽种一株白菜花。去年冬季，小外孙给我抱来了一个大旱萝卜，家乡叫做灯笼红。鲜红可爱，本来想把它雕刻成花篮，撒上小麦种，贮水倒挂，像童年时常做的那样。也因为杂事缠身，胡乱把它埋在一个花盆里了。一开春，它竟一枝独秀，拔出很高的茎子，开了很多的花，还招来不少蜜蜂儿。

这也是一种菜花。它的花，白中略带一点紫色，给人一种清冷的感觉。它的根茎俱在，营养不缺，适于放在院中。正当花开得繁盛之时，被邻家的小孩，揪得七零八落。花的神韵，人的欣赏之情，差不多完全丧失了。

今年春天风大，清明前后，接连几天，刮得天昏地暗，厨房里的光线，尤其不好。有一天，天晴朗了，我发现桌案下面，堆放着蔬菜的地方，有一株白菜花。它不是从菜心那里长出，而是从横放的菜根部长出，像一根老木头长出的直立的新枝。有些花蕾已经开放，耀眼地光明。我高兴极了，把菜帮菜根修了修，放在水盂里。

我的案头，又有一株菜花了。这是天赐之物。

家乡有句歌谣：十里菜花香。在童年，我见到的菜花，不是一株两株，也不是一亩二亩，是一望无边的。春阳照拂，春风吹动，蜂群轰鸣，一片金黄。那不是白菜花，是油菜花。花色同白菜花是一样的。

现在，我已衰暮，久居城市，故园如梦。面对一株菜花，忽然想起很多往事。往事又像菜花的色味，淡远虚无，不可捉摸，只能引起惆怅。

人的一生，无疑是个大题目。有不少人，竭尽全力，想把它撰写成一篇宏伟的文章。我只能把它写成一篇小文章，一篇像案头菜花一样的散文。菜花也是生命，凡是生命，都可以成为文章的题目。（节选）

果园杂记

——汪曾祺

涂白

一个孩子问我：干嘛把树涂白了？

我从前也非常反对把树涂白了，以为很难看。

后来我到果园干了两年活，知道这是为了保护树木过冬。

把牛油、石灰在一个大铁锅里熬得稠稠的，这就是涂白剂。我们拿了棕刷，担了一桶一桶的涂白剂，给果树涂白。要涂得很仔细，特别是树皮有伤损的地方、坑坑洼洼的地方，要涂到，而且要涂得厚厚的，免得来年存留雨水，窝藏虫蚁。

涂白都是在冬日的晴天。男的、女的，穿了各种颜色的棉衣，在脱尽了树叶的果林里劳动着。大家的心情都很开朗，很高兴。

涂白是果园一年最后的农活了。涂完白，我们就很少到果园里来了。这以后，雪就落下来了。果园一冬天埋在雪里。从此，我就不反对涂白了。

波尔多液

喷了一夏天的波尔多液，我的所有的衬衫都变成浅蓝色的了。

硫酸铜、石灰，加一定比例的水，这就是波尔多液。波尔多液是很好看的，呈天蓝色。过去有一种浅蓝的阴丹士林布，就是这种颜色。这是一个果园的看家的农药，一年不知道要喷多少次。不喷波尔多液，就不称其为果园。波尔多液防病，能保证水果的丰收。果农都知道，喷波尔多液虽然费钱，却是划得来的。

这是个细致的活。把喷头绑在竹竿上，把药水压上去，喷在梨树叶子上、苹果树叶子上、葡萄叶子上。要喷得很均匀，不多，也不少。喷多了，药水的水珠糊成一片，挂不住，流了；喷少了，不管用。树叶的正面、反面都要喷到。这活不重，但是干完了，眼睛、脖颈，都是酸的。

我是个喷波尔多液的能手。大家叫我总结经验。我说：一、我干不了重活，这活我能胜任；二、我觉得这活有诗意。为什么叫它“波尔多液”呢？——中国的老果农说这个外国名字已经说得很顺口了。这有个故事。

波尔多是法国的一个小城，出马铃薯。有一年，法国的马铃薯都得了晚疫病，——晚疫病很厉害，得了病的薯地像火烧过一样，只有波尔多的马铃薯却安然无恙。大伙捉摸，这是什么道理呢？原来波尔多城外有一个铜矿，有一条小河从矿里流出来，河床是石灰石的。这水蓝蓝的，是不能吃的，农民用它来浇地。莫非就是这条河，使波尔多的马铃薯不得疫病？于是世界上就有了波尔多液。

中国的老农现在说这个法国名字也说得很顺口了。

去年，有一个朋友到法国去，我问他到过什么地方，他很得意地说：波尔多！

我也到过波尔多，在中国。

葡萄月令

——汪曾祺

一月，下大雪。

雪静静地下着。果园一片白。听不到一点声音。

葡萄睡在铺着白雪的窖里。

二月里刮春风。

立春后，要刮四十八天“摆条风”。风摆动树的枝条，树醒了，忙忙地把汁液送到全身。树枝软了。树绿了。雪化了，土地是黑的。

黑色的土地里，长出了茵陈蒿。碧绿。

葡萄出窖。

把葡萄窖一锹一锹挖开。挖下的土，堆在四面。葡萄藤露出来了，乌黑的。有的稍头已经绽开了芽苞，吐出指甲大的苍白的小叶。它已经等不及了。

把葡萄藤拉出来，放在松松的湿土上。

不大一会，小叶就变了颜色，叶边发红；——又不大一会，绿了。

三月，葡萄上架。

先得备料。把立柱、横梁、小棍，槐木的、柳木的、杨木的、桦木的，按照树棵大小，分别堆放在旁边。立柱有汤碗口粗的、饭碗口粗的、茶杯口粗的。一棵大葡萄得用八根、十根，乃至十二根立柱。中等的，六根、四根。

先刨坑，竖柱。然后搭横梁，用粗铁丝紧后搭小棍，用细铁丝缚住。

然后，请葡萄上架。把在土里趴了一冬的老藤扛起来，得费一点劲。大的，得四五个人一起来。“起——起！”哎，它起来了。把它放在葡萄架上，把枝条向三面伸开，像五个指头一样的伸开，扇面似的伸开。然后，用麻筋在小棍上固定住。葡萄藤舒舒展展，凉凉快快地在上面呆着。

上了架，就施肥。在葡萄根的后面，距主干一尺，挖一道半月形的沟，把大粪倒在里面。葡萄上大粪，不用稀释，就这样把原汁大粪倒下去。大棵的，得三四桶。小葡萄，一桶也就够了。

四月，浇水。

挖窖挖出的土，堆在四面，筑成垄，就成一个池子。池里放满了水。葡萄园里水气泱泱，沁人心肺。

葡萄喝起水来是惊人的。它真是在喝！葡萄藤的组织跟别的果树不一样，它里面是一根一根细小的导管。这一点，中国的古人早就发现了。《图经》云：“根苗中空相通。圃人将货之，欲得厚利，暮溉其根，而晨朝水浸子中矣，故俗呼其苗为木通。”“暮溉其根，而晨朝水浸子中矣”，是不对的。葡萄成熟了，就不能再浇水了。再浇，果粒就会涨破。“中空相通”却是很准确的。浇了水，不大一会，它就从根直吸到梢，简直是小孩嘬奶似的拼命往上嘬。浇过了水，你再回来看看吧：梢头切断过的破口，就嗒嗒地往下滴水了。

是一种什么力量使葡萄拼命地往上吸水呢？

施了肥，浇了水，葡萄就使劲抽条、长叶子。真快！原来是几根根枯藤，几天工夫，就变成青枝绿叶的一大片。

五月，浇水，喷药，打梢，掐须。

葡萄一年不知道要喝多少水，别的果树都不这样。别的果树都是刨一个“树碗”，往里浇几担水就得了，没有像它这样的：“漫灌”，整池子地喝。

喷波尔多液。从抽条长叶，一直到坐果成熟，不知道要喷多少次。喷了波尔多液，太阳一晒，葡萄叶子就都变成蓝的了。葡萄抽条，丝毫不知节制，它简直是瞎长！几天工夫，就抽出好长的一节的新条。这样长法还行呀，还结不结果呀？因此，过几天就得给它打一次条。葡萄打条，也用不着什么技巧，一个人就能干，拿起树剪，劈劈啦啦，把新抽出来的一截都给它铰了就得了。一铰，一地的长着新叶的条。

葡萄的卷须，在它还是野生的时候是有用的，好攀附在别的什么树木上。现在，已经有人给它好好地固定在架上了，就一点用也没有了。卷须这东西最耗养分，——凡是作物，都是优先把养分输送到顶端，因此，长出来就给它掐了，长出来就给它掐了。

葡萄的卷须有一点淡淡的甜味。这东西如果腌成咸菜，大概不难吃。

五月中下旬，果树开花了。果园，美极了。梨树开花了，苹果树开花了，葡萄也开花了。

都说梨花像雪，其实苹果花才像雪。雪是厚重的，不是透明的。梨花像什么呢？——梨花的瓣子是月亮做的。

有人说葡萄不开花，哪能呢！只是葡萄花很小，颜色淡黄微绿，不钻进葡萄架是看不出的。而且它开花期很短。很快，就结出了绿豆大的葡萄粒。

六月，浇水、喷药、打条、掐须。

葡萄粒长了一点了，一颗一颗，像绿玻璃料做的纽子。硬的。

葡萄不招虫。葡萄会生病，所以要经常喷波尔多液。但是它不像桃，桃有桃食心虫；梨，梨有梨食心虫。葡萄不用疏虫果。——果园每年疏虫果是要费很多工的。虫果没有用，黑黑的一个半干的球，可是它耗养分呀！所以，要把它“疏”掉。

七月，葡萄“膨大”了。

掐须、打条、喷药，大大地浇一次水。

追一次肥。追硫铵。在原来施粪肥的沟里撒上硫铵。然后，就把沟填平了，把硫铵封在里面。

汉朝是不会追这次肥的，汉朝没有硫铵。

八月，葡萄“着色”。

你别以为我这里是把画家的术语借用来了。不是的。这是果农的语言，他们就叫“着色”。

下过大雨，你来看看葡萄园吧，那叫好看！白的像白玛瑙，红的像红宝石，紫的像紫水晶，黑的像黑玉。一串一串，饱满、磁棒、挺括，璀璨琳琅。你就把《说文解字》里的玉字偏旁的字都搬了来吧，那也不够用呀！

可是你得快来！明天，对不起，你全看不到了。我们要喷波尔多液了。一喷波尔多液，它们的晶莹鲜艳全都没有了，它们蒙上一层蓝兮兮、白糊糊的东西，成了磨砂玻璃。我们不得不这样干。葡萄是吃的，不是看的。我们得保护它。

过不两天，就下葡萄了。

一串一串剪下来，把病果、瘪果去掉，妥妥地放在果筐里。果筐满了，盖上盖，要一个棒小伙子跳上去蹦两下，用麻筋缝的筐盖。——新下的果子，不怕压，它很结实，压不坏。倒怕是装不紧，逛里逛当的。那，来回一晃悠，全得烂！

葡萄装上车，走了。

去吧，葡萄，让人们吃去吧！

九月的果园像一个生过孩子的少妇，宁静、幸福，而慵懒。

我们还给葡萄喷一次波尔多液。哦，下了果了，就不管了？人，总不能这样无情无义吧。

十月，我们有别的农活。我们要去割稻子。葡萄，你愿意怎么长，就怎么长着吧。

十一月，葡萄下架。

把葡萄架拆下来。检查一下，还能再用的，搁在一边。糟朽了的，只好烧火。立柱、横梁、小棍，分别堆垛起来。

剪葡萄条。干脆得很，除了老条，一概剪光。葡萄又成了一个大秃子。

剪下的葡萄条，挑有三个芽眼的，剪成二尺多长的一截，捆起来，放在屋里，准备明春插条。

其余的，连枝带叶，都用竹笤帚扫成一堆，装走了。葡萄园光秃秃。

十一月下旬，十二月上旬，葡萄入窖。

这是个重活。把老本放倒，挖土把它埋起来。要埋得很厚实。外面要用铁锹拍平。这个活不能马虎。都要经过验收，才给记工。

葡萄窖，一个一个长方形的土墩墩。一行一行，整整齐齐地排列着。风一吹，土色发了白。

这真是一年的冬景了。热热闹闹的果园，现在什么颜色都没有了。眼界空阔，一览无余，只剩下发白的黄土。

下雪了。我们踏着碎玻璃碴似的雪，检查葡萄窖，扛着铁锹。

一到冬天，要检查几次。不是怕别的，怕老鼠打了洞。葡萄窖里很暖和，老鼠爱往这里面钻。它倒是暖和了，咱们的葡萄可就受了冷啦！

石榴

——郭沫若

五月过了，太阳增加了它的威力，树木都把各自的伞盖伸张了起来，不想再争妍斗艳的时候，有少数的树木却在这时开起了花来。石榴树便是这少数树木中的最可爱的一种。

石榴有梅树的枝干，有杨柳的叶片，奇崛而不枯瘠，清新而不柔媚，这风度实兼备了梅柳之长，而舍去了梅柳之短。

最可爱的是它的花，那对于炎阳的直射毫不避易的深红色的花。单瓣的已够陆离，双瓣的更为华贵，那可不是夏季的心脏吗？

单那小茄形的骨朵已经就是一种奇迹了。你看，它逐渐翻红，逐渐从顶端整裂为四瓣，任你用怎样犀利的劈刀也都劈不出那样的匀称，可是谁用红玛瑙琢成了那样多的花瓶儿，而且还精巧地插上了花？

单瓣的花虽没有双瓣的豪华，但它却更有一段妙幻的演艺，红玛瑙的花瓶儿由希腊式的安普刺变为中国式的金罍，殷、周时代古味盎然的一种青铜器。博古家所命名的各种锈彩，它都是具备着的。

你以为它真是盛酒的金盅吗？它会笑你呢。秋天来了，它对于自己的戏法好像忍俊不禁地破口大笑起来，露出一口皓齿，那样透明光嫩的皓齿，你在别的地方还看见过吗？

我本来就喜欢夏天。夏天是整个宇宙向上的一个阶段，在这时使人的身心解脱尽重重的束缚。因而我更喜欢这夏天的心脏。

有朋友从昆明回来，说昆明石榴特别大，子粒特别丰腴，有酸甜两种，酸者味更美。

禁不住唾津的潜溢了。

故乡的野菜

——周作人

我的故乡不止一个，凡我住过的地方都是故乡。故乡对于我并没有什么特别的情分，只因钓于斯游于斯的关系，朝夕会面，遂成相识，正如乡村里的邻舍一样，虽然不是亲属，别后有时也要想念到他。我在浙东住过十几年，南京东京都住过六年，这都是我的故乡，现在住在北京，于是北京就成了我的家乡了。

日前我的妻往西单市场买菜回来，说起有荠菜在那里卖着，我便想起浙东的事来。荠菜是浙东人春天常吃的野菜，乡间不必说，就是城里只要有后园的人家都可以随时采食，妇女小儿各拿一把剪刀一只“苗篮”，蹲在地上搜寻，是一种有趣味的游戏的工作。

清明前后扫墓时，有些人家——大约是保存古风的人家——用黄花麦果作供，但不作饼状，做成小颗如指顶大，或细条如小指，以五六个作一攒，名曰茧果，不知是什么意思，或因蚕上山时设祭，也用这种食品，故有是称，亦未可知。自从十二三岁时外出不参与外祖家扫墓以后，不复见过茧果，近来住在北京，也不再见黄花麦果的影子了。日本称作“御形”，与齐菜同为春天的七草之一，也采来做点心用，状如艾饺，名曰“草饼”，春分前后多食之，在北京也有，但是吃去总是日本风味，不复是儿时的黄花麦果糕了。

扫墓时候所常吃的还有一种野菜，俗称草紫，通称紫云英。农人在收获后，播种田内，用作肥料，是一种很被贱视的植物，但采取嫩茎瀹食，味颇鲜美，似豌豆苗。花紫红色，数十亩接连不断，一片锦绣，如铺着华美的地毯，非常好看，而且花朵状若蝴蝶，又如鸡雏，尤为小孩所喜，间有白色的花，相传可以治痢。很是珍重，但不易得。日本《俳句大辞典》云：“此草与蒲公英同是习见的东西，从幼年时代便已熟识。在女人里边，不曾采过紫云英的人，恐未必有罢。”中国古来没有花环，但紫云英的花球却是小孩常玩的东西，这一层我还替那些小人们欣幸的。浙东扫墓用鼓吹，所以少年常随了乐音去看“上坟船里的姣姣”；没有钱的人家虽没有鼓吹，但是船头上篷窗下总露出些紫云英和杜鹃的花束，这也就是上坟船的确实的证据了。（节选）

无花果

——王蒙

小时候院子里有一株无花果，只记得叶片挺大，别的没有印象。倒是它的名称——无花而有果，叫人一下记住了。

新疆阿图什一带，以盛产无花果而著名。那里的无花果，成熟到金黄色，由一位姑娘来摘下，吃以前放在手心里啪地一拍，然后再敬给你。新疆还出产无花果酱，甜得很。

新疆已经阔别，无花果也只保存在回忆里。

大前年在门口买了一盆无花果，已经结了许多果，煞是玲珑可爱。大叶历历，显得高贵。果不甜，孩子们也不爱吃，给他们讲新疆的吃法他们也不感兴趣，他们又没去过南疆。北京的无花果不甜，可能是由于北京没新疆那么强烈的日照与温差。

无花果在花盆里养着，但结的果愈来愈少，叶子也颜色惨淡起来。“花盆太小了，该换盆了。”“该施肥了，不然它拿哪儿的养料坐果呢？”想的说的都清楚，就是没有行动。延宕着。

今年春天，无花果又发芽了，一切充满希望。几天过去，突然发现已发出的芽又枯死了。

是不是忘了浇水？于是连忙浇水，还有些土法施肥，把打过的鸡蛋壳里的残余的鸡蛋清、淘米的水加在无花果盆里。

枯萎了的芽愈发枯萎下去，便决心给它换花盆。这才发现了它枯萎的原因：它的一株主根，竟然不堪小小花盆的桎梏，从盆底的洞中钻了出来，沿着盆底与水泥地生长。五月的阳光已经很强烈，水泥地被照得灼热炽人，把它的根给烫死了。

精心地给它换了大花盆。终于没有挽救过来。

看着它挣脱出来却又成为它的死因的那一截根，我有一种失落感。

后来朋友告诉我说："你何必换花盆？你就把它栽到院里的土地上就可以了。其实无花果很老实，很好活，很容易过冬。"

我后悔不及。

豆秧

——丰子恺

花台里生出三株扁豆秧来。我把它们移到一块空地上，并且用竹竿搭一个棚，以扶植它们。每天清晨为它们整理枝叶，看它们欣欣向荣，自然发生一种兴味。

那蔓好像一个触手，具有惊人的攀援力。但究竟因为不生眼睛，只管盲目地向上发展，有时会钻进竹竿的裂缝里，回不来，看了令人发笑。有时一根长条独自脱离了棚，颤袅地向空中伸展，好像一个摸不着壁的盲子，看了又很可怜。这等时候便需我去扶助。扶助了一个月之后，满棚枝叶婆娑，棚下已堪纳凉闲话了。

有一天清晨，我发现豆棚上忽然有了大批的枯叶和许多软垂的蔓，惊奇得很。仔细检查，原来近地面处一枝总干，被不知什么东西伤害了。未曾全断，但不绝如缕。根上的养分通不上去，凡属这总干的枝叶就全部枯萎，眼见得这一族快灭亡了。

这状态非常凄惨，使我联想起世间种种的不幸。

神奇的丝瓜

——季羡林

今年春天，孩子们在房前空地上，斩草挖土，开辟出来了一个一丈见方的小花园。周围用竹竿扎了一个篱笆，移来了一棵玉兰花树，栽上了几株月季花，又在竹篱下面随意种上了几棵扁豆和两棵丝瓜。土壤并不肥沃，虽然也铺上了一层河泥，但估计不会起很大的作用，大家不过是玩玩而已。

过了不久，丝瓜竟然长了出来，而且日益茁壮、长大。这当然增加了我们的兴趣。但是我们也并没有过高的期望。我自己每天早晨工作疲倦了，常到屋旁的小土山上走一走，站一站，看看墙外马路上的车水马龙和亚运会招展的彩旗，顾而乐之，只不过顺便看一看丝瓜罢了。

丝瓜是普通的植物，我也并没有想到会有什么神奇之处。可是忽然有一天，我发现丝瓜秧爬出了篱笆，爬上了楼墙。以后，每天看丝瓜，总比前一天向楼上爬了一大段；最后竟从一楼爬上了二楼，又从二楼爬上了三楼。说它每天长出半尺，绝非夸大之词。丝瓜的秧不过像细绳一般粗，如不注意，连它的根在什么地方，都找不到。这样细的一根秧竟能在一夜之间输送这样多的水分和养料，供应前方，使得上面的叶子长得又肥又绿，爬在灰白色的墙上，一片浓绿，给土墙增添了无量活力与生机。

这当然让我感到很惊奇，我的兴趣随之大大地提高。

每天早晨看丝瓜成了我的主要任务，爬小山反而成为次要的了。我往往注视着细细的瓜秧和浓绿的瓜叶发呆。

又过了几天，丝瓜开出了黄花。再过几天，有的黄花就变成了小小的绿色的瓜。瓜越长越长，越长越长，重量当然也越来越增加，最初长出的那一个小瓜竟把瓜秧坠下来了一点，直挺挺地悬垂在空中，随风摇摆。我真是替它担心，生怕它经不住这一份重量，会整个儿地从楼上坠了下来落到地上。

然而不久就证明了，我这种担心是多余的。最初长出来了的瓜不再长大，仿佛得到命令停止了生长。在上面，在三楼一位102岁的老太太的窗外窗台上，却长出来两个瓜。这两个瓜后来居上，发疯似的猛长，不久就长成了小孩胳膊一般粗了。这两个瓜加起来恐怕有五六斤重，那一根细秧怎么能承担得住呢？我又担心起来。没过几天，事实又证明了我是杞人忧天。两个瓜不知从什么时候忽然弯了起来，把躯体放在老太太的窗台上，从下面看上去，活像两个粗大弯曲的绿色牛角。

我百思不得其解，徘徊在丝瓜下面。我仿佛觉得这棵丝瓜有了思想，它能考虑问题，而且还有行动，它能让无法承担重量的瓜停止生长；它能给处在有利地形的大瓜找到承担重量的地方，给这样的瓜特殊待遇，让它们疯狂地长；它能让悬垂的瓜平身躺下。如果不是这样的话，无论如何也无法解释我上面谈到的现象。但是，如果真是这样的话，又实在令人难以置信。丝瓜用什么来思想呢？丝瓜靠什么来指导自己的行动呢？我左考虑，右考虑，越考虑越糊涂。我无法同丝瓜对话，这是一个沉默的奇迹。（节选）

扁豆

——苏雪林

“多少时候，没有到菜圃里去了，我们种的扁豆，应当成熟了罢？”康立在凉台的栏边，眼望那络满了荒青老翠的菜畦，有意无意地说着。

谁也不曾想到暑假前随意种的扁豆了，经康一提，我恍然记起，“我们去看看，如果熟了，便采撷些来煮吃，好吗？”康点头，我便到厨房里拿了一只小竹篮，和康走下石阶，一直到园的北头。

因无人治理的缘故，菜畦里长满了杂草，有些还是带刺的蒺藜，扁豆牵藤时我们曾替它搭了柴枝做的架子，后来藤蔓重了，将架压倒，它便在乱草和蒺藜里开花，并且结满了离离的豆荚。

折下一支豆荚，细细赏玩，造物者真是一个伟大的艺术家呵！他不但对于鲜红的苹果，娇艳的樱桃，绛衣冰肌的荔枝，着意渲染，便是这小小一片豆荚，也不肯掉以轻心的。你看这豆荚的颜色，是怎样的可爱，寻常只知豆荚的颜色是绿的，谁知这绿色也大有深浅，荚之上端是浓绿，渐融化为淡青，更抹三层薄紫，便觉润泽如玉，鲜明如宝石。

我们一面采撷，一面谈笑，愉快非常，不是为今天晚上有扁豆吃而愉快，只是这采撷的事实可愉快罢了。我想这或是蛮性遗留的一种，我们的祖先——猿猴——寻到了成熟的榛栗，呼朋唤类地去采集，预备过冬，在他们是最快活的，到现在虽然进化为文明人了，这性情仍然存在。无论大人或孩子，——自然孩子更甚，逢到收获果蔬，总是感到特别兴趣的，有时候，拿一根竹竿，偷打邻家的枣儿，吃着时，似乎比叫仆人在街上买回的鲜果还要香甜呢。

我所禀受的蛮性或者比较的深，而且从小在乡村长大，对于田家风味，分外系恋，我爱于听见母鸡阁阁叫时，赶去拾它的卵！我爱从沙土里拔起一个一个的大萝卜，到清水溪中洗净，兜着回家。我爱亲手掘起肥大的白菜，放在瓦钵里煮。虽然不会挤牛乳，但喜欢农妇当着我的面挤，并非怕她背后掺水，只是爱听那进射在冰铁桶的嗤嗤声，觉得比雨打枯荷，更清爽可耳。

康说他故乡有几亩田，我每每劝他回去躬耕，今天摘着扁豆，又提起这话，他说我何尝不想回去呢，但时局这样的不安宁，乡下更时常闹土匪，闹兵灾，你不怕么？我听了想起我太平故乡两次被土匪溃兵所蹂躏的情形，不觉深深地叹了一口气。

一只丑陋的狗

母鸡

——老舍

一向讨厌母鸡。不知怎样受了一点惊恐。听吧，它由前院嘎嘎到后院，由后院再嘎嘎到前院，没结没完，而并没有什么理由；讨厌！有的时候，它不这样乱叫，可是细声细气的，有什么心事似的，颤颤微微的，顺着墙根，或沿着田坝，那么扯长了声如怨如诉，使人心中立刻结起个小疙瘩来。

它永远不反抗公鸡。可是，有时候却欺侮那最忠厚的鸭子。更可恶的是它遇到另一只母鸡的时候，它会下毒手，乘其不备，狠狠地咬一口，咬下一撮儿毛来。

到下蛋的时候，它差不多是发了狂，恨不能使全世界都知道它这点成绩；就是聋子也会被它吵得受不下去。

可是，现在我改变了心思，我看见一只孵出一群小雏鸡的母亲。

不论是在院里，还是在院外，它总是挺着脖儿，表示出世界上并没有可怕的东西。一个鸟儿飞过，或是什么东西响了一声，它立刻警戒起来，歪着头儿听；挺替身儿预备作战；看看前，看看后，咕咕地警告鸡雏要马上集合到它身边来！

当它发现了一点可吃的东西，它咕咕地紧叫，啄一啄那个东西，马上便放下，教它的儿女吃。结果，每一只鸡雏的肚子都圆圆地下垂，像刚装了一两个汤圆儿似的，它自己却削瘦了许多。假若有别的大鸡来抢食，它一定出击，把它们赶出老远，连大公鸡也怕它三分。

它教给鸡雏们啄食，掘地，用土洗澡；一天教多少多少次。它还半蹲着——我想这是相当劳累的——教它们挤在它的翅下、胸下，得一点温暖。它若伏在地上，鸡雏们有的便爬在它的背上，啄它的头或别的地方，它一声也不哼。

在夜间若有什么动静，它便放声啼叫，顶尖锐、顶凄惨，使任何贪睡的人也得起来看看，是不是有了黄鼠狼。

它负责、慈爱、勇敢、辛苦，因为它有了一群鸡雏。它伟大，因为它是鸡母亲。一个母亲必定就是一位英雄。我不敢再讨厌母鸡了。

吴组缃先生的猪

——老舍

从青木关到歌乐山一带，在我所认识的文友中要算吴组缃先生最为阔绰。他养着一口小花猪。据说，这小动物的身价，值六百元。

每次我去访组缃先生，必附带地向小花猪致敬，因为我与组缃先生核计过了：假若他与我共同登广告卖身，大概也不会有人，出六百元来买！

有一天，我又到吴宅去。给小江——组缃先生的少爷——买了几个比醋还酸的桃子。拿着点东西，好搭讪着骗顿饭吃，否则就大不好意思了。一进门，我看见吴太太的脸比晚日还红。我心里一想，便想到了小花猪。假若小花猪丢了，或是出了别的毛病，组缃先生的阔绰便马上不存在了！一打听，果然是为了小花猪：它已绝食一天了。我很着急，急中生智，主张给它点奎宁吃，恐怕是打摆子。大家都不赞同我的主张。我又建议把它抱到床上盖上被子睡一觉，出点汗也许就好了；焉知道不是感冒呢？这年月的猪比人还娇贵呀！大家还是不赞成。后来，把猪医生请来了。我颇兴奋，要看看猪怎么吃药。猪医生把一些草药包在竹筒的大厚皮儿里，使小花猪横衔着，两头向后束在脖子上：这样，药味与药汁便慢慢走入里边去。把药包儿束好，小花猪的口中好像生了两个翅膀，倒并不难看。

虽然吴宅有此骚动，我还是在那里吃了午饭——自然稍微地有点不得劲儿！

过了两天，我又去看小花猪——这回是专程探病，绝不为看别人；我知道现在猪的价值有多大——小花猪口中已无那个药包，而且也吃点东西了。大家都很高兴，我就又棍打腿的骗了顿饭吃，并且提出声明：到冬天，得分给我几斤腊肉；组缃先生与太太没加任何考虑便答应了。吴太太说："几斤？十斤也行！想想看，那天它要是一病不起------"大家听罢，都出了冷汗！

兔和猫

——鲁迅

住在我们后进院子里的三太太，在夏间买了一对白兔，是给伊的孩子们看的。

这一对白兔，似乎离娘并不久，虽然是异类，也可以看出它们的天真烂漫来。但也竖直了小小的通红的长耳朵，动着鼻子，眼睛里颇现些惊疑的神色，大约究竟觉得人地生疏，没有在老家时候的安心了。这种东西，倘到庙会日期自己出去买，每个至多不过两吊钱，而三太太却花了一元，因为是叫小孩子上店买来的。

孩子们自然大得意了，嚷着围住了看；大人也都围着看；还有一匹小狗名叫S的也跑来，闯过去一嗅，打了一个喷嚏，退了几步。三太太吆喝道，“S，听着，不准你咬它！”于是在它头上打了一拳，S便退开了，从此并不咬。

这一对兔总是关在后窗后面的小院子里的时候多，听说是因为太喜欢撕壁纸，也常常啃木器脚。这小院子里有一株野桑树，桑子落地，它们最爱吃，便连喂他们的菠菜也不吃了。乌鸦喜鹊想要下来时，它们便躬着身子用后脚在地上使劲地一弹，砉的一声直跳上来，像飞起了一团雪，鸦鹊吓得赶紧走，这样的几回，再也不敢近来了。三太太说，鸦鹊到不打紧，至多也不过抢吃一点食料，可恶的是一匹大黑猫，常在矮墙上恶狠狠地看，这却要防的，幸而S和猫是对头，或者还不至于有什么罢。

孩子们时时捉它们来玩耍；它们很和气，竖起耳朵，动着鼻子，驯良地站在小手的圈子里，但一有空，却也就溜开去了。它们夜里的卧榻是一个小木箱，里面铺些稻草，就在后窗的房檐下。

这样的几个月之后，它们忽而自己掘土了，掘得非常快，前脚一抓，后脚一踢，不到半天，已经掘成一个深洞。大家都奇怪，后来仔细看时，原来一个的肚子比别一个的大得多了。它们第二天便将干草和树叶衔进洞里去，忙了大半天。

大家都高兴，说又有小兔可看了；三太太便对孩子们下了戒严令，从此不许再去捉。我的母亲也很喜欢它们家族的繁荣，还说待生下来的离了乳，也要去讨两匹来养在自己的窗外面。

它们从此便住在自造的洞府里，有时也出来吃些食，后来不见了，可不知道它们是预先运粮存在里面呢还是竟不吃。过了十多天，三太太对我说，那两匹又出来了，大约小兔是生下来又都死掉了，因为雌的一匹的奶非常多，却并不见有进去哺养孩子的形迹。她言语之间颇气愤，然而也没有法。

有一天，太阳很温暖，也没有风，树叶都不动，我忽听得许多人在那里笑，寻声看时，却见许多人都靠着三太太的后窗看：原来有一个小兔，在院子里跳跃了。（节选）

狗

——巴金

小时候我害怕狗。记得有一回在新年里，我到二伯父家去玩，在他那个花园内，一条大黑狗追赶我跑过几块花圃。后来我跑上了洋楼，才躲过这一场灾难，没有让狗嘴咬伤我的腿。

以后见着狗，我总是逃，它也总是追，而且屡屡望着我的影子狺狺狂吠。我愈怕，狗愈凶。

怕狗成了我的一种病。

我渐渐地长大起来。有一天不知道因为什么，我忽然觉得怕狗是很可耻的事情，看见狗我便站住，不再逃避。

我站住，狗也就站住，望着我狂吠。它张大嘴，做出要扑过来的样子，但是它并不朝着我前进一步。

它用怒目看我，我便也用怒目看它。它始终保持着我和它之间的距离。

这样地过了一阵子，我便转身走了。狗立刻追上来。

我回过头。狗马上站住了。它望着我恶叫，却不敢朝我扑过来。

“你的本事不过这一点点。”我这样想着，觉得胆子更大了。我用轻蔑的眼光看它，我顿脚，我对它吐出骂语。

它后退两步，这次倒是它露出了害怕的表情。它仍然汪汪地叫，可是叫声却不像先前那样的“恶”了。

我讨厌这种纠缠不清的叫声。我在地上拾起一块石子，就对准狗打过去。

石子打在狗的身上，狗哀叫一声，似乎什么地方痛了，它马上掉转身子夹着尾巴就跑，并不等我的第二块石子落到它的头上。

我望着逃去了的狗影，轻蔑地冷笑两声。

从此狗碰到我的石子就逃。

猫

——老舍

猫的性格实在有些古怪。说它老实吧，它的确有时候很乖。它会找个暖和地方，成天睡大觉，无忧无虑。什么事也不过问。可是，赶到它决定要出去玩玩，就会走出一天一夜，任凭谁怎么呼唤，它也不肯回来。说它贪玩吧，的确是呀，要不怎么会一天一夜不回家呢？可是，及至它听到点老鼠的响动啊，它又多么尽职，闭息凝视，一连就是几个钟头，非把老鼠等出来不拉倒！

它要是高兴，能比谁都温柔可亲：用身子蹭你的腿，把脖儿伸出来要求给抓痒，或是在你写稿子的时候，跳上桌来，在纸上踩印几朵小梅花。它还会丰富多腔地叫唤，长短不同，粗细各异，变化多端，力避单调。在不叫的时候，它还会咕噜咕噜地给自己解闷。这可都凭它的高兴。它若是不高兴啊，无论谁说多少好话，它一声也不出，连半个小梅花也不肯印在稿纸上！它倔强得很！

是，猫的确是倔强。看吧，大马戏团里什么狮子、老虎、大象、狗熊，甚至于笨驴，都能表演一些玩艺儿，可是谁见过耍猫呢？（昨天才听说：苏联的某马戏团里确有耍猫的，我当然还没亲眼见过。）

这种小动物确是古怪。不管你多么善待它，它也不肯跟着你上街去逛逛。它什么都怕，总想藏起来。可是它又那么勇猛，不要说见着小虫和老鼠，就是遇上蛇也敢斗一斗。它的嘴往往被蜂儿或蝎子螫得肿起来。

赶到猫儿们一讲起恋爱来，那就闹得一条街的人们都不能安睡。它们的叫声是那么尖锐刺耳，使人觉得世界上若是没有猫啊，一定会更平静一些。

可是，及至女猫生下两三个棉花团似的小猫啊，你又不恨它了。它是那么尽责地看护儿女，连上房兜兜风也不肯去了。

郎猫可不那么负责，它丝毫不关心儿女。它或睡大觉，或上屋去乱叫，有机会就和邻居们打一架，身上的毛儿滚成了毡，满脸横七竖八都是伤痕，看起来实在不大体面。好在它没有照镜子的习惯，依然昂首阔步，大喊大叫，它匆忙地吃两口东西，就又去挑战开打。有时候，它两天两夜不回家，可是当你以为它可能已经远走高飞了，它却瘸着腿大败而归，直入厨房要东西吃。

过了满月的小猫们真是可爱，腿脚还不甚稳，可是已经学会淘气。妈妈的尾巴，一根鸡毛，都是它们的好玩具，耍上没结没完。一玩起来，它们不知要摔多少跟头，但是跌倒即马上起来，再跑再跌。它们的头撞在门上，桌腿上，和彼此的头上。撞疼了也不哭。

它们的胆子越来越大，逐渐开辟新的游戏场所。它们到院子里来了。院中的花草可遭了殃。它们在花盆里摔跤，抱着花枝打秋千，所过之处，枝折花落。你不肯责打它们，它们是那么生气勃勃，天真可爱呀。可是，你也爱花。这个矛盾就不易处理。

现在，还有新的问题呢：老鼠已差不多都被消灭了，猫还有什么用处呢？而且，猫既吃不着老鼠，就会想办法去偷捉鸡雏或小鸭什么的开开斋。这难道不是问题么？（节选）

鸡声

——沈从文

在雨后的中夏白日里，麻雀的吱喳虽然使人略略感到一点单调寂寞，但既没有沙子风吹扬，拿本书坐在槐树林下去看，还不至于枯燥。

镇日被街市电车弄得耳朵长是嗡嗡隆隆的响，忽又跑到这半乡村式的学校来了。地方名为骆驼庄，却不见一匹负载有石灰包的骆驼，大概它们这时都在休息了吧。在这里可以听到富于生趣的鸡声，还是我到北京来一个新发见。这些小喉咙喊声，是夹在农场上和煦可见的母牛呼唤小犊的喊声里的。还有躲在榆树林里的流氓鹧鸪同它们相应和。

至少有两年以上，我没有听到过鸡声了。乡下的鸡声，则是以前在沅州的三里坪农场中听过。也许还有别种缘故吧，凡是鸡声，不问它是荒村午夜还是清阴白昼，总能给我一种极深的感动。过去的切慕与怀恋，而我也会从这些在别人听来或许但会感到夏日过长催人欲睡的单调长声中找出。

初来北京时，我爱听火车汽笛的长鸣。从这声音中我发见了它的伟大。我不驯的野心，常随那些呜呜声向天涯不可知的辽远渺茫中驰去。但这不过是空虚寂寞的客寓中一种寄托罢了！若拿来同乡村中午鸡相互唱酬的叫声相比，给人的趣味，可又完全不同了。

我在客寓中从来不曾有过一回半夜里被鸡声叫醒的事情。至于白日里，除了电车的隆隆声以外，便是百音合奏远近的市声——连母鸡下蛋时“咯咯咯”也没有听到过。我于是疑心北京城里住户人家是不养鸡的。然而，我又知道我这猜测不对了，每次被朋友拉到饭馆子去，总听到“辣子鸡”“熏鸡”一类名色。我到菜市场去玩时，看到那些小摊子下面竹罩里，的确也又还有些活鲜鲜（能伸翅膀，能走动，能低头用嘴壳去清理翅子但不做声）的鸡。它们如同哑子，挤挤挨挨站着却没有做声。它们之所以不能叫，或者并不是不会叫，因为凡鸡都会叫，就是鸡婆也能“咯咯咯”，只是时时担惊受怕，想着那锋利的刀，沸滚的水，忧愁不堪，把叫的事都忘怀了吧！好比我们人，到忧愁无聊时，不是连讲话也不大愿开口了吗？

然而我还有不解者：北京的鸡，固然是日陷于宰割忧惧中，难道别地方的鸡，就不是拿来让人宰割的？为什么别的地方的鸡就有兴致引吭高歌呢？我于是觉得北京古怪。

看着沉静不语的深蓝天空，想着北京城的古怪，为那些一递一声的鸡唱弄得有点疲倦了。日光下的小生物，行动野佻可厌而又可爱的蚊子，在空中如流星般来去，似乎更其愉快活泼，我忽然记起了“飘若惊鸿，宛若游龙”两句古典文章来。（节选）

猫鼠的故事

——孙犁

目前，我屋里的耗子多极了。白天，我在桌前坐着看书或写字，它们就在桌下来回游动，好像并不怕人。有时，看样子我一跺脚就可以把它踩死，它却飞快跑走了。夜晚，我躺在床上，偶一开灯，就看见三五成群的耗子，在地板、墙根串游，有的甚至钻到我的火炉下面去取暖，我也无可奈何。

有朋友劝我养一只猫。我说，不顶事。

这个都市的猫是不拿耗子的。这里的人们养猫，是为了玩，并不是为了叫它捉耗子，所以耗子方得如此猖獗。这里养猫，就像养花种草、玩字画古董一样，把猫的本能给玩得无影无踪了。

我有一位邻居，也是老干部，他养着一只黄猫，据说品种花色都很讲究。每日三餐，非鱼即肉，有时还喂牛奶。三日一梳毛，五日一沐浴。每天抱在怀里抚摩着，亲吻着。夜晚，猫的窝里，有铺的，有盖的，都是特制的小被褥。

这样养了十几年，猫也老了，偶而下地走走，有些蹒跚迟顿。它从来不知耗子为何物，更不用说有捕捉之志了。

我还是选用了我们原始祖先发明的捕鼠工具：夹子。支得得法，每天可以打住一只或两只。

我把死鼠埋到花盆里去。朋友问我为什么不送给院里养猫的人家。我说：这里的猫，不只不捉耗子，而且不吃耗子。

这是不久以前的经验教训。我打住了一只耗子，好心好意送给邻居，说："叫你家的猫吃了吧。"

主人冷冷地说："那上面有跳蚤，我们的猫怕传染。如果是吃了耗子药，那就更麻烦。"

我只好提了回来，埋在地里。又过了不久，终于出现了以下如果不是我亲眼所见，一定有人会认为是造谣的场面。

有一家，在阳台上盛杂物的筐里，发见了一窝耗子，一群孩子呼叫着："快去抱一只猫来，快去抱一只猫来！"

正赶上老干部抱着猫在阳台上散步，他忽然动了试一试的兴致，自报奋勇，把猫抱到了筐前，孩子们一齐呐喊："猫来了，猫来捉耗子了！"

老人把猫往筐里一放，猫跳出来。再放再跳，三放三跳，终于逃回家去了。

孩子们大失所望，一齐喊："废物猫，猫废物！"

老人的脸红了。他跑到家里，又把猫抱回来，硬把它按进筐里，不松手。谁知道，猫没有去咬耗子，耗子却不客气，把老干部的手指咬伤，鲜血淋淋，只好先到卫生所，去进行包扎。

群儿大笑不止。其实这无足奇怪，因为这只老猫，从来不认识耗子，它见了耗子实在有些害怕。（节选）

鸡叫

——孙犁

在这个大杂院里，总是有人养鸡。我可以设想：在我们进城以前，建筑这座宅院的主人，不会想到养鸡。

其实，我们接收时，也没有想到养鸡。那时院里的亭台楼阁，山石花木，都保留得很好，每天清晨，传达室的老头，还认真地打扫。

养鸡，我记得是大跃进以后的事。我们家，那时也养鸡，没有喂的，冬天给它们剁白菜帮，春天就给它们煮蒜辫——这是我那老伴的发明。

有鸡就有鸡叫。我现在老了，一个人睡在屋子里，又好失眠，夜里常常听到后边邻居家的鸡叫。人家的鸡养在什么地方，是什么毛色，我都没有留心过，但听这声音，是很熟悉的，很动人的。说白了，我很爱听鸡叫，尤其是夜间的鸡叫。我以为，在这昼夜喧嚣，人海如潮的大城市，能听到这种富有天籁情趣的声音，是难得的享受。

美中不足的是：这里的鸡叫，没有什么准头。这可能是灯光和噪音干扰了它。鸡是司晨的，晨鸡三唱。这三唱的顺序，应是下一点，下三点，下五点。鸡叫三遍，人们就该起床了。

我十二岁的时候，就在外地求学。每逢假期已满，学校开课之日，母亲总是听着窗外的鸡叫。鸡叫头遍，她就起来给我做饭，鸡叫二遍再把我叫醒。待我长大结婚以后，在外地教书做事，她就把这个差事，交给了我的妻子。一直到我长期离开家乡，参加革命。

乡谚云：不图利名，不打早起。我在农村听到的鸡叫，是伴着晨星，伴着寒露，伴着严霜的。伴着父母妻子对我的期望，伴着我自身青春的奋发。

现在听到的鸡叫，只是唤起我对童年的回忆，对逝去的时光和亲人的思念。

彩云流散了，留在记忆里的，仍是彩云。莺歌远去了，留在耳边的还是莺歌。（节选）

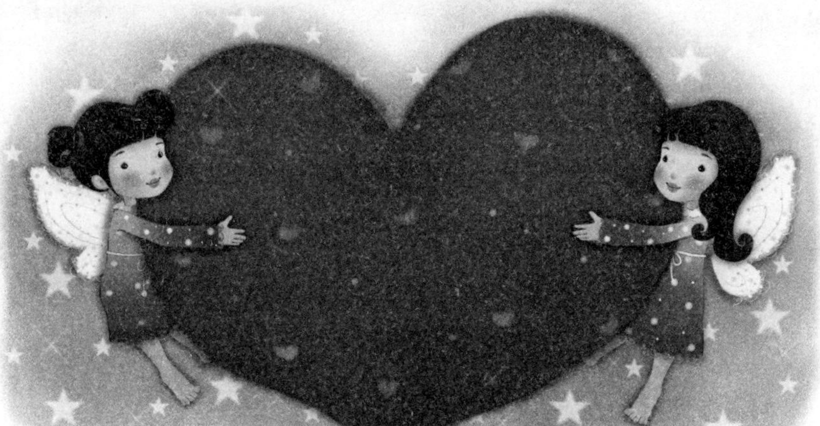

在乡下住的几年里，天天看见牛。可是直到现在还显现在眼前的，只有牛的大眼睛。

我们院子里有好些小孩，活泼，天真，当然也顽皮。有好几回，我见牛被他们惹得发了脾气。它绕着拴住它的木桩子，一圈儿一圈儿地转。低着头，斜起角，眼睛打角底下瞪出来，就好像这一撞要把整个天地翻个身似的。

孩子们是这样玩的：他们一个个远远地站着，捡些石子，朝牛扔去。起先，石子不怎么大，扔在牛身上，那一搭皮肤马上轻轻地抖一下，像我们的嘴角动一下似的。渐渐地，捡来的石子大起来了，扔到牛身上，牛会掉过头来瞪着你。要是有个孩子特别胆大，特别机灵，他会到竹园里找来一根毛竹，伸得远远地去撩牛的尾巴，戳牛的屁股，把牛惹起火来。可是，我从未见过他们撩过牛的头。我想，即使是小孩，也从那双大眼睛里看出使人不自在的意味了。玩到最后，牛站起来了，于是孩子们轰的一声，四处跑散。这种把戏，我看得很熟很熟了。

有一回，正巧一个长工从院子里出来，他三十光景了，还像孩子似的爱闹着玩。他一把捉住个孩子，“莫跑，”他说，“见了牛都要跑，改天还想吃庄稼饭？”他朝我笑笑说，“真的，牛不消怕的，你看它有那么大吗？它不会撞人的。牛的眼睛有点儿不同。”以下是长工告诉我的话。“比方说，我们看见这根木头桩子，牛眼睛看来就像一根擎天柱。比方说，一块田十多亩，牛眼睛看来就没有边，没有沿。牛眼睛看出来的东西，都比原来大，大许多许多。看我们人，就有四金刚那么高，那么大。站到我们跟前它就害怕了，它不敢倔强，随便拿它怎么样都不敢倔强。它当我们只要两个指头就能捻死它，抬一抬脚趾就能踢它到半天云里，我们哈气就像下雨一样。那它就只有听我们使唤，天好，落雨，生田，熟田，我们要耕，它就只有耕，没得话说的。先生你说对不对，幸好牛有那么一双眼睛。不然的话，还让你使唤啊，那么大的一个力气又蛮，踩到一脚就要痛上好几天。对了，我们跟牛，五个抵一个都抵不住。好在牛眼睛看出来，我们一个抵它十几个。”

以后，我进出院子的时候，总特意留心看牛的眼睛，我明白了另一种使人看着不自在的意味。那黄色的浑浊的瞳仁，那老是直视前方的眼光，都带着恐惧的神情，这使眼睛里的恨转成了哀怨。站在牛的立场上说，如果能去掉这双眼睛，成了瞎子也值得，因为得到自由了。（节选）

两条狗

——刘亮程

父亲扔掉过一条杂毛黑狗。父亲不喜欢它，嫌它胆小，不凶猛，咬不过别人家的狗，经常背上少一块毛，滴着血，或瘸着一条腿哭丧着脸从外面跑回来。院子里来了生人，也不敢扑过去咬，站在狗洞前光吠两声，来人若捡个土块、拿根树条举一下，它便哭叫着钻进窝里，再不敢出来。

这样的狗，连自己都保不住咋能看门呢？

父亲有一次去柳湖地卖皮子，走时把狗装进麻袋，口子扎住扔到车上。他装了三十七张皮子，卖了三十八张的价。狗算了一张，活卖给皮店掌柜了。

回来后父亲物色了一条小黄狗。我们都很喜欢这条狗，胖乎乎的，却非常机灵活泼。父亲一抱回来便给它剪了耳朵，剪成三角，像狼耳朵一样直立着。不然它的耳朵长大了耷下来会影响听觉。

过了一个多月，我们都快把那条黑狗忘了。一天傍晚，我们正吃晚饭，它突然出现在院门口，瘦得皮包骨头，也不进来，嘴对着院门可怜地哭叫着。我们叫了几声，它才走进来，一头钻进父亲的腿中间，两只前爪抱住父亲的脚，汪汪地叫个不停。叫得人难受。母亲盛了一碗揪片子，倒在盆里给它吃。它已经饿得站立不稳了。

从此我们家有了两条狗。黄狗稍长大些就开始欺负黑狗，它俩共用一个食盆，吃食时黑狗一向让着黄狗，到后来黄狗变得霸道，经常咬开黑狗，自己独吞。黑狗只有委琐地站在一旁，等黄狗走开了，吃点剩食，用舌把食盆舔得干干净净。家里只有一个狗窝，被黄狗占了，黑狗夜夜躺在草垛上。进来生人，全是黄狗迎上去咬，没黑狗的份儿。一次院子里来了条野狗，和黄狗咬在一起，黑狗凑上去帮忙，没想到黄狗放开正咬着的野狗，回头反咬了黑狗一口，黑狗哭叫着跑开，黄狗才又和野狗死咬在一起，直到把野狗咬败，逃出院子。

后来我们在院墙边的榆树下面给黑狗另搭了一个窝。喂食时也用一个破铁锨头盛着另给它吃。从那时起黑狗很少出窝。有时我们都把它忘记了，一连数天想不起它。夜里只听见黄狗的吠叫声。黑狗已经不再出声。这样过了两年，也许是三年，黑狗死掉了。死在了窝里。父亲说它老死了。我那时不知道怎样的死是老死。我想它是饿死的，或者寂寞死的。它常不出来，我们一忙起来有时也忘了给它喂食。

直到现在我都无法完全体味那条黑狗的晚年心境。我对它的死，尤其是临死前那两年的生活有一种难言的陌生。我想，到我老的时候，我会慢慢知道老是怎么回事，我会离一条老狗的生命更近一些，就像它临死前偶尔的一个黄昏，黑狗和我们同在一个墙根晒最后的太阳，黑狗卧在中间，我们坐在它旁边，背靠着墙。与它享受过同一缕阳光的我们，最后，也会一个一个地领受到同它一样的衰老与死亡。可是，无论怎样，我可能都不会知道我真正想知道的——对于它，一条在我们身边长大老死的黑狗，在它的眼睛里我们一家人的生活是怎样一种情景，我们就这样活着有意思吗？

一只丑陋的狗

——佚名

久雨乍晴，春天的山径上鸟腾花喧，无一声不是悦耳之声，无一色不是悦目之色。

忽然，跑来一只狗，很难看的狗，杂毛不黑不黄脱落殆半，眼光游移戒惧一看，就知道是野狗。

经过谨慎的研判，它断定我是个无害的生物，便在花前软趴趴地躺下，然后扭来扭去地打起滚来。我的第一个反应是厌恶，因为这么好的阳光，这么华璨的春花，偏偏加上这么一只难看的狗，又做着那么难看的动作！但为了那花,我一时不忍离去。

奇怪的是，事情进行到第二步，我忽然觉得不对了，那丑狗的丑动作忽然令我瞠目结舌，因为我清楚地感知，它正在享受生命，享受春天，我除了致敬，竟不能置之一词。

它的身体先天上不及老虎豹子俊硕华丽，后天的动作又不像受过舞蹈训练的人可以有其章法，它只是猥猥琐琐地在打滚。可是，那关我什么事，它是一只老野狗，它在大自然前享受这一刻的春光，这个五百万人的城市里，此刻是否有一个人用打滚的动作对上帝说话：“你看！我在这里，我不是块什么料，我活得很艰辛，但只要有一口气在，我就要在这阳光里打滚撒欢。我要说，我爱，我感谢。我不优美，但我的欢喜是真的。”没有，城市族类是惯于忘恩负义的，从不说一句感谢，即使是在春天。

群花在我眼前渐渐淡漠，只剩那只老丑狗，在翻滚讴歌，我第一次看懂了那丑陋的美丽。

野猫

——赵丽宏

有一年时间，我几乎每天晚上在一个街心花园散步，沿着灌木丛中的小道，漫无目的地行走，一边走路，一边想我的心事。

灌木丛中有安装于地面的射灯，灯光里，常有活泼的身影闪过，快捷如风。这是出没在这里的一群野猫。有时，它们就蹲伏在小路上，似乎有所期待，我走过时，它们竟然也不怕，直到我的脚快触及它们的身体时，它们才轻轻一跃，隐匿在灌木丛中。若在路上看不见它们，只要仔细在灌木丛中寻觅，总能发现它们的目光，荧荧然如萤火闪烁。猫善叫，而这里的野猫几乎无声。

我曾经纳闷，这些野猫，何以存活？它们靠什么果腹，在哪里栖身？天天在这里散步，不久便有了一些答案。

它们的食物，除了自己寻觅——花园里，想来没有多少吃的可以找到，池中有鱼，可观而不可食，土中是否有鼠，不得而知，穿过一条马路，有居民住宅，现在的城里人大多闭门锁户，野猫们难有机会登堂入室。然而就在灌木丛边，每天傍晚竟有它们的一顿大餐。那天我来这里散步的时间比平时稍早一些，走到那片灌木丛前时，只见路上聚集着五六只猫，它们围着两个塑料饭盒，鱼骨和米饭撒了一地。它们不慌不忙地吃着，一直到舔净了地上的饭粒和汤汁，才悠然离去。好几次这个时候，我都看到相似的情景。这大概是野猫们的正餐了。看来，每天傍晚都有人来这里给野猫们送饭。很多天之后，我才有机会看到两个有点神秘的喂猫人。

那是一对银发老夫妇，黄昏时，他们蹒跚而来，手里各拎着一个饭盒。他们刚在小路上出现，灌木丛中的野猫们便欢跃而出，围着他们转。两位老人打开饭盒，站在路边，看着野猫们吃完饭盒里的鱼和饭，然后收起地上的空饭盒。吃饱的野猫们仍然不想离开，在老人的身边互相追逐，满地打滚。两个老人默默地欣赏着野猫们的欢状，伫立片刻，又默然离去。野猫们又重新隐入灌木丛中。

寒冬之夜，北风呼啸，街心花园里一片清冷，灌木丛不再有浓密的枝叶。野猫们如何应付这铺天盖地的寒冷？我在灌木丛中行走，不见野猫们的踪影，从灌木丛中射出的灯光也变得飘忽闪烁。灯光为何飘忽？我寻找装在地面的灯，竟看见了猫。一只黑猫，蹲伏在高出地面的玻璃灯罩上，正靠着灯光的热能取暖。在雪亮的灯光烘托下，它那身在白天看来蓬乱的黑毛变得晶莹透明，仿佛生出一圈耀眼的光环。它抬头看着我，两只眼睛变成了一对小小的探照灯，在寒夜中茫然转动……

我发现，只要有一盏地灯亮着，就有一只野猫蹲在灯罩上取暖。装这些地灯的人大概不会想到，用来驱散黑暗的灯光，竟会给野猫们带来温暖。不走进这片灌木丛，永远也不会看到这样奇怪的景象。

有多少人间的光明，会在寒夜中变成生灵的热能呢？

猫狗

——梁遇春

惭愧得很，我不单是怕狗，而且怕猫，其实我对于六合之内一切的动物都有些害怕。怕狗这个情绪是许多人所能了解并生出同情的。我怕狗几乎可说是出自天性。记得从前到初等小学上课时，就常因为恶狗当道，立刻退却，兜个大圈子，走了许多平时不敢走的僻路，结果是迟到并带着半天的心跳。十几年来踽踽地蹒跚于这荒凉的世界上，童心差不多完全消失了，而怕狗的心情仍然如旧，这不知道是不是可庆的事。

怕狗，当然是怕它咬，尤其怕被疯狗咬。但是既然会无端地咬起人来，那条狗当然是疯的。猛狗是可怕的，然而听说疯狗常常显出驯良的神气，尾巴低垂夹在两腿之间。并且狗是随时可以疯起来的，所以天下的狗都是可怕的。若使一个人给疯狗咬了，据说过几天他肚子里会发出怪声，好像有小疯狗在里面叫着。这真是惊心动魄极了，最少对于我是够恐怖了。

我虽然怕它，却万分鄙视它，厌恶它。缠着姨太太脚后跟的哈巴狗是用不着提的。就说那驰骋森林中的猎狗和守夜拒贼的看门狗吧！见着生客就狺狺着声势逼人，看到主子立刻伏帖地低首求欢，甚至于把前面两脚拱起来，总脱不了“走狗”的气味。西洋人爱狗已经是不对了，他们还有一句俗语“若使你爱我，请也爱我的狗吧”，这真是岂有此理。人没有权利叫朋友这么滥情。不过西洋人里面也有一两人很聪明的。歌德在《浮士德》里说那个可怕的Mephistopheles第一次走进浮士德的书房，是化为一条狗。因此我加倍爱念那部诗剧。

可是拿狗来比猫，可又变成个不大可怕的东西了。狗只能咬你的身体，猫却会蚕食你的灵魂，这当然是迷信，但是也很有来由。我第一次怕起猫来是念了爱伦坡的短篇小说《黑猫》。里面叙述一个人打死一只黑猫，此后遇了许多不幸事情。而他每次在不幸事情发生的地点都看到那只猫的幻形，狞笑着。后来有一时期我喜欢念外国鬼怪故事，知道了女巫都是会变猫的，当赴撒旦狂欢舞会时候，个个女巫用一种油涂在身上，念念有词，就化成一只猫从屋顶飞跳去了。中国人所谓狐狸猫，也是同样变幻多端，善迷人心灵的畜生，你看，猫的脚踏地无声，猫的眼睛总是似有意识的，它永远是那么偷偷地潜行，行到你身旁，行到你心里。《爱丽丝漫游记》里不是说有一只猫现形于空中，微笑着。一会儿猫的面部不见了，光剩一个笑脸在空中。这真能道出猫的神情，它始终这么神秘，这么阴谋着，这么留一个抓不到的影子在人们心里。欧洲人相信一只猫有九条命，仿佛中国也有同样的话，这也可以证明它的精神的深刻矫健了。我每次看见猫，总怕它会发出一种魔力，把我的心染上一层颜色，留个永不会褪去的痕迹。碰到狗，我们一躲避开，什么事都没有了，遇见猫却不能这么容易预防。它根本不伤害你的身体，却要占住你的灵魂，使你失丢了人性，变成一个莫名其妙的东西，这些事真是可怕得使我不敢去设想，每想起来，总会打寒噤。（节选）

安静的枣红马

——李汀

我家这匹枣红马是安静的。

它是一大早赶到磨道上来的。母亲说："木桶里的玉米面见底了，磨点面吧。"母亲说这话的时候，是望着枣红色的马说的，像是在跟一个老朋友商量。这匹枣红色的马原本是在低头啃着地上的干草，听见母亲的话，它抬头看了看母亲。

母亲拎着马缰绳，牵马去了磨房，早上的阳光跟着马的屁股也进了磨房。磨房的阴暗被阳光一点一点打碎，照得磨房有些纯净。母亲拢了拢花白的头发，阳光照在她的头发上，晶莹、透明。母亲的动作很慢，她吃力地把一簸箕玉米倒在磨台上，然后轻轻地把拉磨的套子架在马背上，把磨杆咕噜咕噜推到马屁股后套好。母亲又走到马前，把眼罩给它戴上。母亲做这一切的时候，那匹枣红色的马就站在磨房的阳光里等待母亲做好这一切。这一切在磨房里准备好的时候，那匹马就慢悠悠地在磨道上来回转了，玉米面磨下来，一会儿就堆积成了小山，童话书上一样的小山。

母亲把枣红马磨下的玉米面用马尾箩儿罗过，罗出的麸子喂猪，粗一点的颗粒又重新倒回磨台，细面就用来蒸玉米面馍馍。枣红马在磨房里蹄哒蹄哒走着，母亲在旁边哒哒罗着面。这时磨房是热闹的，玉米面在阳光的斜照里飘飞，我看着有些眩晕，那些面粉就像飘在春天里的花粉，气息呛人。有时，马会停下来，低头站在磨道里，甩甩脑袋，摇得脖子上挂的铃铛清脆地响几下。母亲也不催它，站一会儿只轻轻说一句："该走了呢！"枣红马就又听话地哼哧哼哧拉起磨来。

一只公鸡站在磨房外，望着磨房那缕阳光出神。望着望着，公鸡张开五彩的翅膀喔喔叫起来，得意洋洋的样子。悠闲的公鸡走近磨房，缩头缩脑的，母亲见了，用立在门前的扫把赶跑了它。枣红色马没有看见这一切，它只听到了公鸡骄傲的叫声，它没有停下拉磨，它仍不紧不慢地在磨道里转着，不时扇动一下长耳朵。

午后，粮食磨完了，母亲卸下枣红马身上的套子，解下它的眼罩，牵着它走出磨房，阳光晃得枣红马的眼睛流泪了，一滴一滴。母亲身上铺了白茫茫的面粉，枣红马身上也是白茫茫的。母亲脱下上衣，在风中抖了抖，然后又拿着上衣去掸枣红马身上的面粉，枣红马配合地抖动着身子。阳光照着枣红马和母亲。

母亲是安静的。她把罗好的面粉分类装进木桶，打扫完磨房，她望了望枣红马，又添去一捆干草，端去一盆清水。母亲走出磨房的时候，阳光斜打在她的身上，她的头发显得更加花白，她的脸上显得更加平静。我们乡村的草场，只有巴掌那么大，枣红马对母亲抱来的干草吃得满足，母亲醉心地看着它。枣红马一边是母亲，一边是那盆闪烁着太阳光的清水。

有时，母亲上山打柴的时候，就顺便把枣红马放在山坡上。枣红马如果没有在母亲视线范围了，母亲就“咴咴咴”唤它，听见母亲的唤声，枣红马就会赶过来。这天，母亲不小心摔了一跤。躺在地上好久才醒过来，醒过来一看，枣红马静静地站立在她身边，默默望着她，见她醒了，就趴下身子驮她。母亲的眼泪一下子滚了出来，枣红马也咴儿咴儿地叫。母亲被枣红马驮回家，母亲见人就夸枣红马：识人性，就像人一样。

今天，我写到枣红马的时候，就想起它那双大眼睛，那温顺的样子，还想起它的叫声。我想，在它那里马的烈性哪去了？一辈子那么安静，就是因为母亲在饲养它，在驾驭它吗？对了，这一点应该是最重要的。（节选）

同命运的小鱼

同命运的小鱼

——萧红

我们的小鱼死了。它从盆中跳出来死的。

我后悔，为什么要出去那么久！为什么只贪图自己的快乐而把小鱼干死了！

那天鱼放到盆中去洗的时候，有两条又活了，在水中立起身来。那么只用那三条死的来烧菜。鱼鳞一片一片地掀掉，沉到水盆底去；肚子剥开，肠子流出来。我只管掀掉鱼鳞，我还没有洗过鱼，这是试着干，所以有点害怕，并且冰凉的鱼的身子，我总会联想到蛇；剥鱼肚子我更不敢了。郎华剥着，我就在旁边看，然而看也有点躲躲闪闪，好像乡下没有教养的孩子怕着已死的猫会还魂一般。

“你看你这个无用的，连鱼都怕。”说着，他把已经收拾干净的鱼放下，又剥第二个鱼肚子。这回鱼有点动，我连忙扯了他的肩膀一下：“鱼活啦，鱼活啦！”

“什么活啦！神经质的人，你就看着好啦！”他逞强一般的在鱼肚子上划了一刀，鱼立刻跳动起来，从手上跳下盆去。

“怎么办哪？”这回他向我说了。我也不知道怎么办。他从水中摸出来看看，好像鱼会咬了他的手，马上又丢下水去。

鱼的肠子流在外面一半，鱼是死了。

“反正也是死了，那就吃了它。”

鱼再被拿到手上，一点也不动弹。他又安然地把它收拾干净。直到第三条鱼收拾完，我都是守候在旁边，怕看，又想看。第三条鱼是全死的，没有动。盆中更小的一条很活泼了，在盆中转圈。另一条怕是要死，立起不多时又横在水面。

火炉的铁板热起来，我的脸感觉烤痛时，锅中的油翻着花。

鱼就在大炉台的菜板上，就要放到油锅里去。我跑到二层门去拿油瓶，听得厨房里有什么东西跳起来，噼噼啪啪的。他也来看。盆中的鱼仍在游着，那菜板上的鱼活了，没有肚子的鱼活了，尾巴仍打得菜板很响。

这时我不知该怎样做，我怕看那悲惨的东西。躲到门口，我想：不吃这鱼吧。然而它已经没有肚子了，可怎样再活？我的眼泪都跑上眼睛来，再不能看了。我转过身去，面向着窗子。窗外的小狗正在追逐那红毛鸡，房东的使女小菊挨过打以后到墙根处去哭……

这是凶残的世界，失去了人性的世界，用暴力毁灭了它吧！毁灭了这些失去了人性的东西！

晚饭的鱼是吃的，可是很腥，我们吃得很少，全部丢到垃圾箱去。

剩下来两条活的就在盆里游泳。夜间睡醒时，听见厨房里有乒乓的水声。点起洋烛去看一下。可是我不敢去，叫郎华去看。

“盆里的鱼死了一条，另一条鱼在游水响……”

到早晨，用报纸把它包起来，丢到垃圾箱去。只剩一条在水中上下游着，又为它换了一盆水，早饭时又丢了一些饭粒给它。

小鱼两天都是快活的，到第三天忧郁起来，看了几次，它都是沉到盆底。

“小鱼都不吃食啦，大概要死吧？”我告诉郎华。

他敲一下盆沿，小鱼走动两步；再敲一下，再走动两步……不敲，它就不走，它就沉下去。

又过一天，小鱼的尾巴也不摇了，就是敲盆沿，它也不动一动尾巴。

“把它送到江里一定能好，不会死。它一定是感到不自由才忧愁起来！”

“怎么送呢？大江还没有开冻，就是能找到一个冰洞把它塞下去，我看也要冻死，再不然也要饿死。”我说。

郎华笑了。他说我像玩鸟的人一样，把鸟放在笼子里，给它米子吃，就说它没有悲哀了，就说比在山里好得多，不会冻死，不会饿死。

“有谁不爱自由呢？海洋爱自由，野兽爱自由，昆虫也爱自由。”郎华又敲了一下水盆。

小鱼只悲哀了两天，又畅快起来，尾巴打着水响。我每天在火边烧饭，一边看着它，好像生过病又好起来的自己的孩子似的，更珍贵一点，更爱惜一点。天真太冷，打算过了冷天就把它放到江里去。

我们每夜到朋友那里去玩，小鱼就自己在厨房里过个整夜。它什么也不知道，它也不怕猫会把它攫了去，它也不怕耗子会使它惊跳。我们半夜回来也要看看，它总是安安然然地游着。家里没有猫，知道它没有危险。

又一天就在朋友那里过的夜，终夜是跳舞，唱戏。第二天晚上才回来。时间太长了，我们的小鱼死了！

第一步踏进门的是郎华，差一点没踏碎那小鱼。点起洋烛去看，还有一点呼吸，腮还轻轻地抽着。我去摸它身上的鳞，都干了。小鱼是什么时候跳出水的？是半夜？是黄昏？耗子惊了你，还是你听到了猫叫？

蜡油滴了满地，我举着蜡烛的手，不知歪斜到什么程度。

屏着呼吸，我把鱼从地板上拾起来，再慢慢把它放到水里，好像亲手让我完成一件丧仪。沉重的悲哀压住了我的头，我的手也颤抖了。

短命的小鱼死了！是谁把你摧残死的？你还那样幼小，来到世界——说你来到鱼群吧，在鱼群中你还是幼芽一般正应该生长的，可是你死了！

郎华出去了，把空漠的屋子留给我。他回来时正在开门，我就赶上去说："小鱼没死，小鱼又活啦！"我一面拍着手，眼泪就要流出来。我到桌子上去取蜡烛。他敲着盆沿，没有动，鱼又不动了。

"怎么又不会动了？"手到水里去把鱼立起来，可是它又横过去。

"站起来吧。你看蜡油啊！……"他拉我离开盆边。

小鱼这回是真死了！可是过一会又活了。这回我们相信小鱼绝对不会死，离水的时间太长，复一复原就会好的。

半夜郎华起来看，说它一点也不动了，但是不怕，那一定是又在休息。我招呼郎华不要动它，小鱼在养病，不要搅扰它。

亮天看它还在休息，吃过早饭看它还在休息。又把饭粒丢到盆中。我的脚踏起地板来也放轻些，只怕把它惊醒，我说小鱼是在睡觉。

这睡觉就再没有醒。我用报纸包它起来，鱼鳞沁着血，一只眼睛一定是在地板上挣跳时弄破的。

就这样吧，我送它到垃圾箱去。

蝌蚪

——丰子恺

每度放笔，凭在楼窗上小憩的时候，望下去看见庭中的花台的边上，许多花盆的旁边，并放着一只印着蓝色图案模样的洋磁面盆。我起初看见的时候，以为是洗衣物的人偶然寄存着的。在灰色而简素的花台的边上，许多形式朴陋的瓦质的花盆的旁边，配置一个机械制造而施着近代图案的精巧的洋磁面盆，绘画地看来，很不调和，假如眼底展开着的是一张画纸，我颇想找块橡皮来揩去它。

一天、二天、三天，洋磁面盆尽管放在花台的边上。这表示不是它偶然寄存，而负着一种使命。晚快凭窗欲眺的时候，看见放学出来的孩子们聚在墙下拍皮球。我欲知道洋磁面盆的意义，便提出来问他们。才知道这面盆里养着蝌蚪，是春假中他们向田里捉来的。我久不来庭中细看，全然没有知道我家新近养着这些小动物；又因面盆中那些蓝色的图案，细碎而繁多，蝌蚪混迹于其间，我从楼窗上望下去，全然看不出来。蝌蚪是我儿时爱玩的东西，又是学童时代在教科书里最感兴味的东西，说起了可以牵惹种种的回想，我便专诚下楼来看它们。

洋磁面盆里盛着大半盆清水，瓜子大小的蝌蚪十数个，抖着尾巴，急急忙忙地游来游去，好像在找寻什么东西。孩子们看见我来欣赏他们的作品，大家围集拢来，得意地把关于这作品的种种话告诉我：

“这是从大井头的田里捉来的。”

“我们天天换清水的呀。”

“这好像黑色的金鱼。”

“他们为什么不绝地游来游去？”

“他们为什么还不变青蛙？”

他们的疑问把我提醒，我看见眼前这盆玲珑活泼的小动物，忽然变成一种苦闷的象征。

我见这洋磁面盆仿佛是蝌蚪的沙漠。它们不绝地游来游去，是为了找寻食物。它们的久不变成青蛙，是因为不得其生活之所。这几天晚上，附近田里蛙鼓的合奏之声，早已传达到我的床里了。这些蝌蚪倘有耳，一定也会听见它们的同类的歌声。听到了一定悲伤，每晚在这洋磁面盆里哭泣，亦未可知！它们身上有着泥土水草一般的保护色，它们只合在有滋润的泥土、丰肥的青苔的水田里生活滋长。在那里有它们的营养物，有它们的安息所，有它们的游乐处，还有它们的大群的伴侣。现在被这些孩子们捉了来，关在这洋磁面盆里，四周围着坚硬的洋铁，全身浸着淡薄的白水，所接触的不是同运命的受难者，便是冷酷的珐琅质。任凭它们镇日急急忙忙地游来游去，终于找不到一种保护它们、慰安它们、生息它们的东西。这在它们是一片渡不尽的大沙漠。它们将以幼虫之身，默默地夭死在这洋磁面盆里，没有成长变化，而在青草池塘中唱歌跳舞的欢乐的希望了。

这是苦闷的象征，这是象征着某种生活之下的人的灵魂！（节选）

骆驼

——梁实秋

台北没有什么好去处。我从前常喜欢到动物园走动走动，其中两个地方对我有诱惑。一个是一家茶馆，有高屋建瓴之势，凭窗远眺，一片釉绿的田畴，小川蜿蜒其间，颇可使人目旷神怡。另一值得看的便是那一只骆驼了。

有人喜欢看猴子，看那些乖巧伶俐的动物，略具人形，而生活究竟简陋，于是令人不由地生出优越之感，掏一把花生米掷进去。有人喜欢看狮子跳火圈，狗作算学，老虎翻跟头，觉得有趣。我之看骆驼则是另外一种心情，骆驼扮演的是悲剧的角色。它的槛外是冷清清的，没有游人围绕，所谓槛也只是一根杉木横着拦在门口。地上是烂糟糟的泥。它卧在那，老远一看，真像是大块的毛姜。逼近一看，可真吓人！一块块的毛都在脱落，斑驳的皮肤上隐隐地露着血迹。嘴张着，下巴垂着，有上气无下气地在喘。水汪汪的两只大眼睛好像是眼泪扑簌地盼望着能见亲族一面似的。腰间的肋骨历历可数，颈子又细又长，尾巴像一条破扫帚。驼峰只剩下了干皮，像是一只麻袋搭在背上。骆驼为什么落到这种悲惨地步呢？难道

“沙漠之舟”的雄姿即不过如此么？

我心目中的骆驼不是这样的。儿时在家乡，一听见大铜铃丁丁当当响，就知道是送煤的骆驼队来了，愧无管宁的修养，往往夺门出视。一根细绳穿系着好几只骆驼，有时是十只九只的，一顺地立在路边。满脸煤污的煤商一声吆喝，骆驼便乖乖地跪下来让人卸货，嘴角往往流着白沫，口里不住地嚼——反刍。有时还跟着一只小骆驼，几乎用跑步在后面追随着。面对着这样庞大而温驯的驮兽，我们不能不惊异地欣赏。

是亚热带的气候不适于骆驼居住。动物园的那两只骆驼不久就不见了，标本室也没有空间容纳它们。我从此也不大常去动物园了。

像这样的动物若是从地面上消逝，可能不至于引起多少人的惋惜。尤其是在如今这个世界，大家所最欢喜豢养的乃是善伺人意的哈巴狗，像骆驼这样的“任重而道远”的家伙，恐怕只好由它一声不响地从这世界舞台上退下去罢！（节选）

马 语

——莫言

像一把粗大的鬃毛刷子在脸上拂过来拂过去，使我从睡梦中醒来。眼前晃动着一个巍然的大影子，宛如一堵厚重的黑墙。一股熟悉的气味令我怦然心动。我猛然惊醒，身后的现代生活背景悄然退去，阳光灿烂，照耀着三十多年前那堵枯黄的土墙。墙头上枯草瑟瑟，一只羽毛灿烂的公鸡站在上边引吭高歌，墙前有一个倾颓的麦草垛，一群母鸡在散草中刨食。还有一群牛在墙前的柱子上拴着，都垂着头反刍，看样子好像是在沉思默想。弯曲的木柱子上沾满了牛毛，土墙上涂满了牛屎。我坐在草垛前，伸手就可触摸到那些鸡，稍稍一探身就可以触摸到那些牛。我没有摸鸡也没有摸牛，我仰脸望着它——亲密的朋友——那匹黑色的、心事重重的、屁股上烙着“Z99”字样的、盲目的、据说是从野战军里退役下来的、现在为生产队驾辕的、以力大无穷任劳任怨闻名乡里的老马。

“马，原来是你啊！”我从草垛边上一跃而起，双臂抱住了它粗壮的脖子。我心潮起伏，泪珠在它光滑的皮上滚动。它耸耸削竹般的耳朵，用饱经沧桑的口气说：“别这样，年轻人，别这样，我不喜欢这样子，没有必要这样子。好好地坐着，听我跟你说话。”它晃了一下脖子，我的身体就轻如鸿毛般地脱离了地面，然后就跌坐在麦草垛边，伸手就可触摸那些鸡，稍稍一探身就可以触摸那些牛。

我端详着这个三十多年没有见面的老朋友。它依然是当年的样子：硕大的头颅、伟岸的身躯、修长的四肢、瓦蓝的四蹄、蓬松的华尾、紧闭着的不知道什么原因盲了的双目。于是，若干的情景就恍然如在眼前了。

我曾经多次揪它的尾毛做琴弓，它默默肃立，犹如一堵墙。我多少次坐在它宽阔平坦的背上看小人书，它一动也不动，好像一艘搁浅了的船。我多少次对邻村的小孩子炫耀它，编造它的光荣的历史，说它曾经驮着兵团司令冲锋陷阵，立过赫赫战功，它一声不吭，好像一块没有温度的铁。我多少次向村里的老人请教，想了解它的历史，尤其想知道它是怎样瞎的，没人告诉我。我多少次抚摸着它的脖子问，亲爱的马，你的眼睛是怎么瞎的，是炮弹皮子崩瞎的吗？是害红眼病弄瞎的吗？是老鹰啄瞎的？——任我千遍万遍地问，它不回答。

“我现在回答你。”马说。马说话时柔软的嘴唇笨拙地翻动着，不时地显露出被谷草磨损了的雪白的大牙。它的声音十分沉闷，仿佛通过一个曲折漫长的管道传递过来的。这样的声音令我痴迷，令我陶醉，令我惊悚，令我如闻天籁，不敢不认真听讲。

马说：“日本有一个著名的关于眼睛的故事。琴女春琴被人毁容盲目后，她的徒弟也是她的情人佐助，便自己刺瞎了眼睛。还有一个古老的故事，俄狄浦斯得知自己杀父娶母之后，悔恨交加，自毁了双目。你们村子里的马文才，舍不下新婚的媳妇，为了逃避兵役，用石灰点瞎了双目。

这说明，世界上有一类盲目者，为了逃避，为了占有，为了完美，为了惩罚，是心甘情愿自己把自己弄瞎了的。当然，你最想知道的，是我为什么瞎了眼睛……”马沉吟着，这个话题勾起了它无限辛酸的往事。

马说：“几十年前，我的确是一匹军马，我屁股上的烙印就是证明。我的主人是一个英武的军官。他不仅相貌出众，而且还满腹韬略。我对他一往情深，如同恋人。有一天，他竟然让一个散发着刺鼻脂粉气息的女人骑在我的背上。我心中恼怒，精力分散，穿越树林时，撞在了树上，把那个女人掀了下来。军官用皮鞭抽打我，骂我‘你这匹瞎马’……从此，我决定再也不睁开我的眼睛……”

“原来你是装瞎！”我从麦草垛前一跃而起。

“不，我瞎了……”马说着，掉转身，向着那漫漫无尽的黑暗的道路，义无反顾地走去。

追求完美的蝙蝠

——吴稼祥

蝙蝠本来是可以成为鸟的，它只是选不到让自己满意的羽毛颜色，结果放弃了所有的毛。

上帝造物造到鸟类的时候，摆出了各种形状、各种颜色的羽毛当样品，让鸟们挑选。凤凰选了红色、绿色和金色，以及别的颜色；喜鹊选了白色和黑色；黄鹂选了淡黄色和其他颜色的装饰性小斑点；麻雀要求不高，捡起了别的鸟扔到地上的土褐色羽毛，穿在身上试了试，自己觉得合适，蹦蹦跳跳地走了。

蝙蝠趴在屋顶上，一副不屑一顾的样子。凤凰选中红绿色时，它撇了一下嘴：“哼，真怯！”喜鹊看上黑白色时，蝙蝠把脑袋转到另外一边：“真好笑，又不是给你妈送葬，要这种哀悼的颜色！”麻雀穿上土褐色外衣时，蝙蝠差一点喊出了声：“哎呀，土得掉渣！”

上帝造完了鸟类，最后剩下蝙蝠。上帝问：“你没有选中任何羽毛吗？”

“没有，上帝。您老人家能否创造些更完美的颜色让我挑挑？”

“每一种颜色都有它的完美，关键是你要知道自己要什么。既然你选不上羽毛，做不成鸟，就做兽去吧！”

“我要做个完美的兽。”

“完美的兽是什么样？”上帝感到困惑。

“我不仅要会走，还要会飞。”

“你要翅膀？”

“是的。”

“好，给你翅膀。”

于是，应它自己的请求，上帝创造出了万物中最完美的动物——蝙蝠。

不伦不类，就是完美者的写照。

寄生蟹是一种非常可怜的海洋生物。

一位熟悉海上生活的人告诉我，隐藏在螺壳里的小生物便是寄生蟹。

这个小小的海洋生物，引起了我的好奇心。

它们有的“借住”在一个极小的螺壳里，自己却长得腰肥体大，爬起来就像一个背着小包袱的大个子偷儿，显得愚拙可笑。

有的又“投宿”在一个过大的螺壳里，像一个背负着大房子的小乌龟，爬行起来摇摇晃晃，艰难之至。

你看，它们的生活，实在太尴尬，不是为壳所限，便是为壳所累。

有时，亦从螺壳里抡出一大一小两把螯钳，当做板斧，劫取到一点浮游生物或苔绿，便又匆匆缩进螺壳深处去了。

然后大约在内中窃喜，以为这种微不足道的获取，就是海上的勇士生涯了。

它们懒惰的下体，已经臃肿得胀满了那废壳的螺旋巷道。由于大多数肢足都已退化，只用最后的一只紧紧勾住螺尖，像不要命了似的勾着。一旦逼它出来，便只有溘然消亡。

它永远缩着。但当那个螺壳被抛上遥远的岸，而它羸弱的体力又无术爬回水边时，便不顾一切地伸出身子，企图弃壳逃生，却已不能。

于是它只有挺着渴望生存的上身，饥寒交迫地死于壳口处了。

我捡到的每一只寄生蟹壳，都失去了生命活力，色彩暗淡，斑痕累累，表面无光了。

寄生蟹的学名是寄生虾。其实它是介于虾与蟹之间的一种节肢动物。在漫长的生物演化进程中，它本来可以成为游动灵活的虾，或者成为披挂铠甲的蟹，只是由于它寻到了现成的安乐窝，便满足于这副模样了。

它依赖螺壳而生，也负着螺壳而死，除了螺壳，便没有自己。

寄生蟹是非常可怜的。可怜就可怜在它选择了寄生的生活方式。

沉默的狮子

——诗怡

单位的半年工作总结会是在一百四十多公里之外的风景区开的。那儿是一个自然资源较好的风景区，也是一处避暑的好地方。有原始丛林，有大溶洞，有浓厚的西羌文化。会后，大伙有一天的时间畅游。

那天，游到山顶，正巧遇上驯兽员正在训练景区内饲养的四头狮子跳火圈。周围有很多的游客围着看。场子中间，一米多高的架子上正架着一个吐着火舌的大铁环，左右两边是梯子，狮子要爬上梯子，然后纵身一跃，从正燃烧着的大火圈内穿过，落在另一边梯子上。曾经在电视中看过动物表演，知道钻火圈是动物们精彩的一个表演节目，很喜欢看。每次看也都会为动物们的精彩表演鼓掌欢呼，为它们那么听驯兽员的话那么乖巧而惊讶，总觉得那些驯兽员很了不起。没想，这次巧遇竟可以一睹它们精彩表演背后的花絮，很欣喜。于是努力拨开人群，从人缝里挤出一条路来，站在了离狮子们最近的位置。

不见不知道，一见才吓一跳。狮子都被关在笼子里，背上满是鞭子抽打过的血痕，还有被烧糊了的毛叉子。它们蜷伏着，有的舔舐着自己身上的伤口，无视周围的一切；有的沉默着，偶尔也会抬眼看看围观的人，但眼睛里却流露出无奈和恐惧。最小的那头狮子身上的伤痕最重最清晰，但它一点也不顾及自己身上的伤，不停地转来转去，似乎在寻觅着出去的路。

训练开始了，一头一头的狮子被拉了出来，大的狮子一个个一次次地在驯兽员的指挥下都跳过了火圈，轮到小狮子了，可是无论驯兽员怎么指挥，它就是不跳，那真是一头桀骜不驯的狮子。

“啪！”“啪！”只听两声清脆的鞭响，驯兽员手中的鞭子重重地落在了小狮的身上，响声在谷中远远地传开去。小狮的身子颤了颤，立在原地，还是没有一点准备要跳的迹象。“啪！”“啪！”又是两声脆响，“啪！”“啪！”再两声脆响，“啪！”“啪！”……小狮的背上新添了无数新的血痕，有血浸出和毛粘连在了一起。

那会儿，心在“啪啪”的声响中颤抖、碎裂。我实在记不起当时驯兽员是怎么样的一种表情，也许我的注意力都放在了小狮的身上，放在了那些狮子的身上。

鞭响中，小狮不屈地站立着，所有的气息里，连着骨骼、肌肉、皮肤，还有那些遍体血浸的毛孔，似乎都有一种坚强而不桀的精神在涌动。我想，那才是狮子的血性吧！小狮的眼里有泪，但它却把眼睛望向了远山。也许，那是一种对于肆意奔跑、重整雄风的憧憬。而大狮们则显得惊慌和不安，但它们没有发出声响，连一声低哮也没有。一切，都趋于沉默。凶猛被摧毁；威武也都被鞭声湮没。除了人们的唏嘘声，一片死寂。

狮子立着，该是带着许多无言的怨恨和愤怒。

麻雀的骨气

——牟丕志

有一句名言：“你可以杀死我，但你不会战胜我。”人们把这句名言写进了名言录，但真正做起来却很难。在我看来，在动物界里真正能够做到这一点的动物是麻雀。

我曾经做过驯养麻雀的试验：将捉到的麻雀系在绳子上或放进笼子里，放上它喜欢吃的食物。可是从失去自由开始，麻雀就拒绝进食进水，瞪圆一双愤怒的眼睛。过了十几小时，甚至在更短的时间里，它就会气绝身亡。我觉得，麻雀的死属于自杀而死，但是它没有“服毒”或“上吊”，怎么会死呢？老人说，麻雀“气大”，你捉住了它，它就气死了。

我想这样的解释确实有些道理，麻雀讲的是骨气，要么拥有自由、拥有蓝天，要么就去死，绝不苟活。后来我对麻雀产生了深深的敬意，感到麻雀身躯并不高大，模样并不美丽，但有一种威武不能屈的精神。

道理很简单，麻雀这种不屈的种族精神使麻雀彻底摆脱了人类的牢笼，也彻底摆脱了被奴役、被玩弄、被异化的命运，它们始终拥有自己的蓝天、自己的自由。我想这大概是麻雀种族所以兴旺的一个重要原因吧！

桃子和桃虫的故事

——佚名

我的老家出产水蜜桃，味道极佳，曾有“贡桃”的美誉。可是产量却极低，因为大多被虫子给糟蹋了。这种残害水蜜桃的桃虫有一种绝妙的招术，它们在桃花刚开时，把虫卵产在花蕊里，奇怪的是，这桃花里头一旦有了虫卵，花瓣就会向里收缩，把虫卵包起来，而且裹得严严实实，像得了宝贝一样地舍不得放开。据栽培果树的技术人员说，那虫卵刚产下时，外面有一层粘稠的物质，能刺激花朵，使之越收越紧，这一收一裹，虫被花朵保护着，任你喷洒乐果、敌敌畏什么农药都无济于事。

直到花落成果，虫卵已经潜藏到果心之中了；当桃子渐大但未成熟时，虫卵靠桃子汁液的滋润长成虫了。于是桃子长一点，虫子就吃一点，虫子被养得又肥又大，而桃子外表看来很鲜艳，比别的桃子都“早熟”，而实际上，里头的果瓤和桃仁已被吃了许多，几乎只剩下一层空皮了。桃子的生命已快到终点了，躲在里面的虫子却丝毫没有感觉到末日就要来临，还在继续贪婪地吃着自己赖以存活的桃子。终于桃子不堪肥虫的吞噬，“啪”的一声落到了地上。桃虫有的被摔得身断腹裂，有的没有摔死也被行人踩死了。只有少数逃命而去，境遇当然是惨不忍睹。

桃子的花朵把残害自己的虫卵当宝贝一样地保护起来，这是多么骇人的悲剧。然而现实生活中我们难道就没有做过类似的蠢事吗？当面对那么多光怪陆离的诱惑我们是否都有拒绝的能力，是否有刮骨疗伤的勇气，是否能将影响自身健康，阻碍我们前行的种种坏东西拒之门外而不是关进门里？

反过来作为一只依靠桃子才能存活的虫子，它的目光如果能够放远一些，就会看到其实桃子的末日也就是自己的葬身之时，大概也就不至于如此拼了命地使尽掏、挖、拆、毁、咬等手段，对桃子“相煎太急”了。岂不知，害人即害己，何况它与自己的生命息息相关啊！

桃子和虫子的故事该时时让我们警醒。

猴

——曾卓

在我们的校园里，有两座猴笼。一座装着的是一只老猴，另一座装着两只小猴。老猴的笼外比较冷清，人们从那旁边走过，偶尔停脚站一站，向里面张望一下，也就走过去了。老猴静静地坐在里边，有时也跳跃几下，样子显得很寂寞。

那两只小猴的笼外就热闹得多了，那旁边总聚拢了些个闲人，和好些不知从哪里走进来的小孩。他们的手上大都拿着一点饼，一包花生，或其他的什么食物。两只猴都蹲坐在笼边，伸手接取人们递过来的食物，随即就吞下。为了逗弄它们，那些小孩就有意将食物丢在两只猴子的中间，看它们争抢；或者只将食物递给一只猴子，激起另一只的妒忌和愤怒，在铁栏上迅速地攀跳着，发出哀鸣，后来，就和那一只猴子厮打起来了。笼外的人们于是鼓掌，高笑。

我有时也在笼外站着看一下。我是常常在人群中感到寂寞的，有人的沙漠比孤独更可怕。眼前正是可爱的秋天，学校上课还不知将拖到什么时候，我就有了许多独自在阳光下散步的闲暇。因而也就常常成了猴笼外的观众之一。看那孤独的老猴的寂寞，它是在怀念着什么：古老的森林、深谷、月光下饮水的溪流，或者是旧日的同伴们吗？我想，在这个狭的笼内，它大概是会怀念旷野的，它静静地坐着的姿态，和向远方凝视的眼睛，也正说着它的寂寞，——那另外的笼中的那两只小猴大概还太年幼了，它们却只是为一点点食物向游客们敬礼，献媚，或者是自己彼此争闹着。

我终于看见了它们打得最厉害的一次。其中较大一只得到了一个女孩送过去的很多食物，那较小的一只却一点儿也没有得到，就在铁栏上翻跳着，最后，那小女孩也就递了一点面包给它，不幸却又为另一只抢去，于是，它们就打起来了。它们相互撕咬，在人们的哗笑中发出惨痛的叫声。那较小的一只倒在地上，占了显然的劣势，无法还手。它的哀切的惨叫声刺人的心。那较大的一只就松开了手，突然坐起，静静地看着它，看着它腿上的血渍，相对好久后，又将手伸了过去，这一次——是为它抚摸伤痕，接着，又在它身上探索起来，是在捉蚤子了。人们对打闹和流血有很大的兴趣，但当那紧张的场面突然转换为温柔的爱抚之后，他们虽然感到一点惊异，却终于变为冷淡，渐渐地走散了。后来就只剩我一个人，在那里还站了很久。

松鼠的智慧

——（英国）詹姆斯．休伊特

我刚从事写作时还年轻，收入很不稳定。我与一位心爱的姑娘订婚四年了，但一直不敢跟她结婚。生活充满艰辛与不测，我甚至不知来年能否养活自己。我也渴望到巴黎、罗马、维也纳和伦敦去追寻自己的写作梦想。

但是，离开自己熟悉的环境，到三千英里以外的地方工作，如果对生活与前途没有十分的把握，这样行事会是一个明智的选择吗？对此，我犹豫不定。

那些日子，我常去住所附近一个静谧的公园，在那里独自思考生活中碰到的一些问题。有一天，不经意间抬头看见树上的一只松鼠。它停在一根树枝上，似乎准备跃到对面的另一根树枝上。但两根树枝间的距离太大，它这么跳过去无异于自杀。出人意料的是，它双腿一蹦跳了出去，虽然没能够得上那根树枝，但还是安然无恙地落在了另外一根较低较近的树枝上。随后，它双腿又一蹦，跃上了它原来想去的那根树枝。坐在公园椅子上的一位老人向我介绍说：“很有趣。它们这样跳来跳去，我都看过几百次了。特别是树下有狗出现的时候，它们就跳得更勤。许多松鼠不能一次跳到较远的树枝，但它们不会因此受伤，”然后老人又意味深长地说：“我觉得，如果这些松鼠不想一辈子呆在一棵树上的话，那就得冒冒险，勇敢地跳出去。这是小松鼠的智慧。”

我忽然若有所悟。两周后，我跟女友结了婚，然后卖掉所有家当，坐船横渡大西洋——我们来到了一个陌生的地方，我们不知自己能否安然降落在“另一根树枝”上。我开始加倍努力地写作，妻子也找到了一份工作。在熬过头一年的艰难时期之后，我们的日子过得越来越宽裕，我的写作也变得得心应手。我意识到自己当初的选择没有错。

从那以后，每当生活中面临新的机遇、需要我有所取舍的时候，我就会想起那些在树枝之间跳跃的松鼠，记起那位老人说过的话：“如果这些松鼠不想一辈子呆在一棵树上的话，那就得冒冒险，勇敢地跳出去。”

一年寿命的鱼

——周海亮

一个很小的装饰品店，门口挂两个火红的中国结，很喜庆。那几天正拾掇书房，总感觉电脑桌上光秃秃的。心想进去看看吧，说不定，能给我的桌面上增加一件物美价廉的小摆设。

一眼，就看到了那个瓶子。

瓶子芒果般大小，晶莹剔透的玻璃，夹一丝丝金黄。也是芒果的造型，艳丽，逼真。之所以说它是瓶子，是因为那里面装了水，并且那水里，正游着一条两厘米多长的粉红色的小鱼。

瓶子里装了水，水里面游着鱼，这没什么稀奇。稀奇的是，这个瓶子是全封闭的。它没有瓶口，没有盖子，没有一丝一毫的缝隙。它是一个完全封闭的玻璃芒果。

可是那些水，那条鱼，它们是怎么钻到这个完全封闭的玻璃世界中去的呢？

厂家在生产这个瓶子的时候，就把鱼装进去了。店主告诉我，这需要很尖端的技术。

你想啊，滚烫的玻璃溶液，一条活蹦乱跳的鱼。

我去啤酒瓶厂参观过。我知道所有的玻璃瓶子都是吹出来的。在吹瓶的时候，瓶子会达到一种可怕的高温，鱼和水不可能那时候放进去。那就只剩下一个解释：厂家先拿来一个芒果造型的瓶子，装上水，放上鱼，然后想办法把这个芒果完全封闭起来。

我想店主说的没错，这样一件小小的工艺品，的确需要很尖端的技术。

店主告诉我，这个玻璃芒果，这条鱼，只需六十块钱。

倒不贵。可是我弄不明白，我们怎样来喂这条鱼？怎样来给这条鱼换水？

不用喂，也不用换水。店主说，这里面充了压缩氧气，这么小的一条鱼，一年足够用了。也不用换水，水是特殊处理过的吧。只要别在阳光下暴晒，这条鱼完全可以在这个小瓶子里很好地活上一年。

那么一年后呢？我问。

鱼就死了啊！店主说，六十块钱，一件极有创意极有观赏价值的工艺品，也值了吧？

当然，我承认值。这比在花瓶里插一年鲜花便宜多了。可是，店主的话还是让我心里猛地一紧。

鱼长不大吗？我问。

你见过花盆里长出大树吗？店主说。

那么，这条鱼的自然寿命是几年呢？我问。

三四年吧。店主说。

心里再一紧。

自然寿命三四年的鱼，被一个极有创意的人，被一个有着高端技术的工厂，硬生生剥夺了自然死亡的权利。一年后是鱼这一生的什么时间？少年吧？青年吧？或者中年？

可怜的一年鱼！

为了自己日益苛刻的味蕾，我们杀掉才出生几天的羊羔；从蛋壳里扒出刚刚成形的鸡崽；把即将变成蝴蝶的蚕蛹放进油锅煎炸；将一只猴子的脑袋用铁锤轻轻敲开……

现在，为了日益荒芜的眼球，又“创意”出一条小鱼的死亡期限，然后开始慢慢地倒计时。

当我们在自家的茶几或者书桌上盯着那条鱼看，我不知道，我们看到的是美丽和幸福，还是残忍、悲伤、恐惧以及死亡？

我想有此创意的人，如有可能，也应该享受到这条鱼的待遇吧？把他装进一个电话亭大小的完全封闭的钢化玻璃屋里，准备好三年的空气、食物和水，然后扔进寒冷的北冰洋，让一群巨鲨们，每天眉开眼笑地倒计时。

班公湖边的鹰

——王族

几只鹰在山坡上慢慢爬动着。第一次见到爬行的鹰，我有些好奇，于是便尾随其后，想探寻个仔细。它们爬过的地方，沙土被沾湿。回头一看，湿湿的痕迹一直从班公湖边延伸过来，在晨光里像一条明净的布条。我想，鹰可能在湖中游水或者洗澡了。高原七月飞雪，湖水一夜间便可结冰，这时若是有胆下湖，顷刻间肯定叫你爬不上岸。

班公湖是个奇迹。在海拔四五千米的高原上，粗糙的山峰环绕起伏，幽蓝的湖泊在中间安然偃卧。与干燥苍凉的高原相对比，这个不大的湖显得很美。太阳已经升起来了，湖面便扩散和聚拢着片片刺目的光亮。远远的，人便被这片光亮裹住，有眩晕之感。

而这几只鹰已经离开了班公湖，正在往一座山的顶部爬着。平时所见的鹰都是高高在上，在蓝天中飞翔。它们的翅膀凝住不动，像尖利的刀剑，沉沉地刺入远天。人是不可能接近，所以鹰对于人来说，则是一种精神的依靠。据说，西藏的鹰来自雅鲁藏布江大峡谷，它们在江水激荡的涛声里长大，在内心听惯了大峡谷的音乐，因而形成了一种要永远飞翔的习性。它们长大以后，从故乡的音乐之中翩翩而起，向远处飞翔。大峡谷在它们身后渐渐疏远，随之出现的就是无比高阔遥远的高原。它们苦苦地飞翔，苦苦地寻觅故乡飘远的音乐……在狂风大雪和如血的夕阳中，它们获取了飞翔的自由和欢乐；它们在寻找中变得更加消瘦，思念与日俱增，爱变成了没有尽头的苦旅。

而现在，几只爬行的鹰散瘫在地上，臃肿的躯体在缓慢地往前挪动，翅膀散开着，拖在身后，像一件多余的东西。细看，它们翅膀上的羽毛稀疏而又粗糙，上面淤积着厚厚的污垢。羽毛的根部，半褐半赤的粗皮在堆积。没有羽毛的地方，裸露着红红的皮肤，像是刚刚被刀剃开的一样。已经很长时间了，晨光也变得越来越明亮，但它们的眼睛全都闭着，头颅缩了回去，显得麻木而沉重。

几只鹰就这样缓缓地向上爬着。这应该是几只浑身落满了岁月尘灰的鹰，只有在低处，我们才能看见它们苦难与艰辛的一面。人不能上升到天空，只能在大地上安居，而以天空为家园的鹰一旦从天空降落，就必然要变得艰难困苦吗？

我跟在它们后面，一旦伸手就可以将它们捉住，但我没有那样做。几只陷入苦难中的鹰，是与不幸的人一样的。

一只鹰在努力往上爬的时候，显得吃力，以致爬了好几次，仍不能攀上那块不大的石头。我真想伸出手推它一把，而就在这一刻，我看到了它眼中的泪水。鹰的泪水，是多么屈辱而又坚韧啊，那分明是陷入千万次苦难也不会止息的坚强。

几十分钟后，几只鹰终于爬上了山顶。

它们慢慢靠拢，一起爬上一块平坦的石头，然后，它们停住了。过了一会儿，它们慢慢开始动了——敛翅、挺颈、抬头，站立起来。片刻之后，忽然一跃而起，直直地飞了出去。

它们飞走了。不，是射出去了。几只鹰在一瞬间，恍若身体内部的力量迸发了一般，把自己射出去了。

太伟大了，完全出乎我的意料。

几只鹰转瞬间已飞出很远。在天空中，仍旧是我们所见的那种样子，翅膀凝住不动，刺入云层，如若锋利的刀剑。

远处是更宽阔的天空，它们直直地飞掠而入，班公湖和众山峰皆在它们的翅下。

这就是神遇啊！

我脚边有几根它们掉落的羽毛，我捡起，紧紧抓在手中。

下山时，我泪流满面。

鹰是从高处起飞的。

绿毛龟

——尤今

丈夫詹到江苏无锡去开会，几天后公干完毕而回返家门时，夜已深沉。

一入门，他便以一种异乎寻常的兴奋从手提袋子里取出了一个用多孔纱布轻轻地裹着的东西，递给我，然后，以一份神秘的笑容来期待我的惊喜。

那东西，长达五寸，宽约三寸。不重，触手濡湿。打开来，一圈绿影闪入眼中，仔细一看，竟是一大团如绒般柔的绿毛，正狐疑间，突然看到一个圆圆的头颅从绿毛里伸了出来，两只小如绿豆般的眼，只怯生生地看了我一下，整个头颅便又快如闪电般地缩进硬壳里面了。

哟，是乌龟里的稀有品种绿毛龟呢！

绿毛龟是中国的瑰宝，和白玉龟、二头龟、蛇形龟合称为四大奇龟。汉唐时，盛行养龟，许多文献对绿毛龟有详尽的记载，诸如："殷纣时太龟生毛"，"龟千年生毛，是不可得之物也"。在唐朝，绿毛龟被列为宫殿里的五大宝物之一，可说是价值不菲的珍稀水生动物。

我对这只姿容妩媚的绿毛龟一见钟情，而这只千里迢迢从无锡"飞"

入我家的绿毛龟，自此也成了我们一家大小的宠物。

我以一个巨型的玻璃缸为它布置了一个美丽的家。当它恬适自在地游来游去时，碧绿如翡翠的长毛好似被微风吹拂着的头发，温柔地在清澈透亮的水里飘散着，那姿态，有说不出的高雅。

女儿给它取了一个名字，唤它“宝龟”。

寻常的龟，是素食者，绿毛龟却是吃荤的。它吃鱼，也吃虾。食量不大，然而，食态可掬。把鱼肉和虾肉丢进缸里时，它先以口衔着，然后，双手齐来，捧着那肉，一口一口，咬、嚼、吞，津津有味地吃着；那样子，好似在品尝千年难得一尝的美味佳肴。喜欢看它的吃相，所以，家里各人都把喂饲它当做是生活里最佳的消遣。每每到了傍晚，一家子便围在玻璃缸前，喂、看、笑。

绿毛龟最大的魅力在于它具有通灵之性。

初到我家时，它忌生而又羞怯，加上也许是思家的情愫在作祟，它老是把头缩在硬壳里，悒悒闷闷，静静寂寂，沉在水底，似是一团没有生命的毛状物。那时看它，心生恻然，很想放生，可是，它的家它的乡又在千里以外，我是心有余而力不足呵！

慢慢地，它想开了，也适应了，原本活泼的本性，便渐渐地暴露了。

知道自己美，它常常自信而近乎卖弄地在水里游来游去，深绿的毛发，把整缸水都染成了娇美的绿色。

八岁的女儿，爱它如珠如宝。上学时，绝不忘与它道别；下午放学回来后，又去向它打招呼；平时有事没事总挨在玻璃缸旁，亲昵地喊：“宝龟，宝龟！”

说也奇怪，喊得多了，它居然会“应”——不是用语言，而是用行动。女儿一喊“宝龟”，它便浮游上来，把头伸出水面，张望。最初，以为是偶然的契合，然而，后来，次次如此，我们便知道，这龟，的确是具有灵性的。更妙的是：对音乐，它也有同样敏锐的反应。女儿把手提收音机搁在玻璃缸旁，播放圣诞歌曲《平安夜》给它听，几次过后，当乐声从收音机里流出来时，它便又把头伸出水面来，轻轻抿着嘴，仿佛在微笑；两颗圆圆的眼珠子，也绽放出柔和的亮光。

一向不养、不爱养、不赞成养任何宠物的我，竟对这只小小的绿毛龟着了迷。（节选）

鸟的天堂

珍珠鸟

——冯骥才

真好！朋友送我一对珍珠鸟，我把它们养在一个竹条编的笼子里。笼子里有一团干草，那是小鸟又舒适又温暖的巢。

有人说，这是一种害怕人的鸟。

我把笼子挂在窗前。那儿有一盆茂盛的法国吊兰。我让吊兰的长满绿叶的藤蔓覆盖在鸟笼上，珍珠鸟就像躲进幽深的丛林一样安全，从中传出的笛儿般又细又亮的叫声，也就格外轻松自在了。

阳光射进窗来，把吊兰的一串串小叶照得如同碧玉。小鸟的影子就在这中间隐约闪动，看不完整，有时连笼子也看不出，却见它们可爱的鲜红小嘴儿从绿叶中伸出来。

我很少扒开叶蔓瞧它们，它们便渐渐敢伸出小脑袋瞅瞅我。我们就这样一点点熟悉了。

三个月后，那一团愈发繁茂的藤蔓里边，发出一种尖细又娇嫩的叫声。我猜到，是它们有了雏儿。我呢？决不掀开叶片往里看，连添食加水时也不睁大好奇的眼睛去惊动它们。过不多久，忽然有一个小脑袋从叶间探出来。正是它们的雏儿!

这个小家伙能轻易地由笼子里钻出身。瞧，多么像它的母亲：红嘴红脚，灰蓝色的毛，只是后背还没有生出珍珠似的圆圆的白点。它好肥，整个身子好像一个蓬松的球儿。

起先，这小家伙只在笼子四周活动，随后就在屋里飞来飞去，一会儿落在柜顶上，一会儿神气十足地站在书架上，啄着书背上那些大文豪的名字；一会儿把灯绳撞得来回摇动，跟着又跳到画框上去了。只要大鸟在笼子里叫一声，它立即飞回笼里去。

我不管它。就是打开窗子，它最多只在窗框上站一会儿，决不飞出去。

渐渐地，它胆子大了，有时落在我的书桌上。

它先是离我较远，见我不去伤害它，便一点点挨近，然后蹦到我的杯子上，低下头来喝茶，再偏过脸瞧瞧我的反应。我只是微微一笑，依旧写东西，它就放开胆子跑到稿纸上，绕着我的笔尖蹦来蹦去，跳动的小红爪子在纸上发出嚓嚓的响声。

白天，它这样淘气地陪伴我；天色暗下来，它就在父母的再三呼唤中，飞向笼子，扭动滚圆的身子，挤开那些绿叶钻进去。

有一天，我伏案写作时，它居然落到我的肩上。我手中的笔不觉停了，生怕吓跑它。过了一会儿，扭头看看，这小家伙竟扒在我的肩头上睡着了，银灰色的眼皮盖住眼睛，小红脚刚好给胸脯上长长的绒毛盖住。我轻轻抬一抬肩，它没醒，睡得好熟！还咂咂嘴，难道在做梦？

我笔尖一动，写下一时的感受：信赖，往往创造出美好的境界。

鸟的天堂

——巴金

我们在陈的小学校里吃了晚饭。热气已经退了。太阳落下了山坡，只留下一段灿烂的红霞在天边，在山头，在树梢。

“我们划船去！”陈提议说。我们正站在学校门前池子旁边看山景。

“好。”别的朋友高兴地接口说。

我们走过一段石子路，很快地就到了河边。那里有一个茅草搭的水阁。穿过水阁，在河边两棵大树下我们找到了几只小船。

我们陆续跳在一只船上。一个朋友解开绳子，拿起竹竿一拨，船缓缓地动了，向河中间流去。

三个朋友划着船，我和叶坐在船中望四周的景致。

远远地一座塔耸立在山坡上，许多绿树拥抱着它。在这附近很少有那样的塔，那里就是朋友叶的家乡。

河面很宽，白茫茫的水上没有波浪。船平静地在水面流动。三只桨有规律地在水里拨动。

在一个地方河面变窄了。一簇簇的绿叶伸到水面来。树叶绿得可爱。

这是许多棵茂盛的榕树，但是我看不出树干在什么地方。

我说许多棵榕树的时候，我的错误马上就给朋友们纠正了，一个朋友说那里只有一棵榕树，另一个朋友说那里的榕树是两棵。我见过不少的大榕树，但是像这样大的榕树我却是第一次看见。

我们的船渐渐地逼近榕树了。我有了机会看见它的真面目：是一棵大树，有着数不清的丫枝，枝上又生根，有许多根一直垂到地上，进了泥土里。一部分的树枝垂到水面，从远处看，就像一棵大树躺在水上一样。

现在正是枝叶繁茂的时节（树上已经结了小小的果子，而且有许多落下来了），这棵榕树好像在把它的全部生命力展览给我们看。那么多的绿叶，一簇堆在另一簇上面，不留一点缝隙。翠绿的颜色明亮地在我们的眼前闪耀，似乎每一片树叶上都有一个新的生命在颤动，这美丽的南国的树！

船在树下泊了片刻，岸上很湿，我们没有上去。朋友说这里是“鸟的天堂”，有许多只鸟在这棵树上做窝，农民不许人捉它们。我仿佛听见几只鸟扑翅的声音，但是等到我的眼睛注意地看那里时，我却看不见一只鸟的影子。只有无数的树根立在地上，像许多根木桩。地是湿的，大概涨潮时河水常常冲上岸去。“鸟的天堂”里没有一只鸟，我这样想道。船开了。一个朋友拨着船，缓缓地流到河中间去。

在河边田畔的小径里有几棵荔枝树。绿叶丛中垂着累累的红色果子。我们的船就往那里流去。一个朋友拿起桨把船拨进一条小沟。在小径旁边，船停住了，我们都跳上了岸。

两个朋友很快地爬到树上去，从树上抛下几枝带叶的荔枝，我同陈和叶三个人站在树下接。等到他们下地以后，我们大家一面吃荔枝，一面走回船上去。

第二天我们划着船到叶的家乡去，就是那个有山有塔的地方。从陈的小学校出发，我们又经过那个“鸟的天堂”。

这一次是在早晨，阳光照在水面上，也照在树梢。一切都显得非常明亮。我们的船也在树下泊了片刻。

起初四周非常清静。后来忽然起了一声鸟叫。朋友陈把手一拍，我们便看见一只大鸟飞起来，接着又看见第二只，第三只。我们继续拍掌。很快地这个树林变得很热闹了。到处都是鸟声，到处都是鸟影。大的，小的，花的，黑的，有的站在枝上叫，有的飞起来，有的在扑翅膀。

我注意地看。我的眼睛真是应接不暇，看清楚这只，又看漏了那只，看见了那只，第三只又飞走了。一只画眉飞了出来，给我们的拍掌声一惊，又飞进树林，站在一根小枝上兴奋地唱着，它的歌声真好听。

“走吧。”叶催我道。

当小船向着高塔下面的乡村流去的时候，我回头看那抛在后面的茂盛的榕树。我有一点留恋。昨天我的眼睛骗了我。“鸟的天堂”的确是鸟的天堂啊！

差不多每个星期天的下午，我都在书桌前雄心勃勃地盘算着，折腾着……

那天，一抬头，透过窗子看见对面楼房的窗台上歇着一只奇异的鸟，金黄的背羽，头上扬着根红色的长翎，气宇轩昂地踱着步，然后悠闲地梳理起羽毛。

这只长翎彩鸟我从未见过，但一点也不觉得陌生，似乎是等了很久盼了很苦的那只，一下子就抓住了我的眼神我的心口：我要它歇上我的窗台！

我小心地打开窗子，异鸟警惕地停止了梳妆。我弄了些面包屑撒在窗台上，异鸟平静下来，兴致勃勃地打量起我。我小声地唤着它，异鸟不停地冲我转动着脑袋和脑袋上的长翎，我知道那是它微笑的方式。但一不小心，我碰倒了桌上的茶杯，异鸟一展翅就消失了。

我抓起望远镜冲上楼顶四处寻望，可了无踪影。

返身回屋，把茶杯砸向楼底的垃圾堆！

接下来的好几个星期天，我都守在书桌前，欣赏彩鸟在对面的窗台上踱方步、梳羽毛。可无论我如何大献殷勤，它就是不肯接近我的窗台。几次抱着相机想进到对面人家的房子里去拍几张鸟的照片，可主人总是不在。

终于有一次，鸟在的时候，主人也在。说明来意，女主人很爽快地引我进去。为了拍得更逼真，我努力靠得更近，差不多到了极限近距点才停住脚步。就在我对好焦距准备按下快门的那一瞬，鸟发现了我，一跃就从取景框里消失了。

我直跺脚：为什么一定要靠得那么近，我真贪！

女主人问："你干吗费这么大的劲？"

"你可不知道，这鸟非常漂亮非常奇异！"我答道。

"不是，我是说，你干吗费劲跑来跑去的，其实那鸟常常就歇在你们家窗台上。"

"你是说，那鸟也歇在我家的窗台上？不会吧？"

"怎么不会呢？我还对我们家人说过，那鸟说不定是你们家养的呢。瞧，瞧，你快瞧，现在不又歇上你们家窗台了吗？"

真的，那神奇的彩鸟正悠闲地在我的窗台上踱着方步，还好奇地往窗里探望着，一定看见了我书桌上那些记述它的文字。

我转身下楼的时候，中年妇女不经意地说："有些东西，只要你不刻意守着，说不定它就会来。"

乌鸦与小乌鸦

——（俄国）列夫·托尔斯泰

在大海的中央有个小岛，一只乌鸦就在这里筑巢。小岛很小很小，在雏鸦破壳而出后不久，乌鸦便无法为自己和雏儿觅得足够的食物。于是老乌鸦便决定回到大陆。

乌鸦用爪子抓住一个雏儿，带着它飞越大海。然而，路途遥远，老乌鸦飞得很疲倦了，它慢慢下降，翅膀拍打得也越来越慢。

老乌鸦问小乌鸦道：“要是我变得衰老不堪，而你却长大成人，强壮有力，你会不会照顾我，把我带来带去？你把实话告诉我！”

小乌鸦很快地回答道：“我会照顾你的，爸爸。”因为它怕老乌鸦会把自己丢在大海里。

乌鸦继续飞行，可它越飞越累。

“我的儿子没说实话。”它想，于是松开爪子，使雏儿跌落下来。小乌鸦跌落于波涛之中，立即淹死。老乌鸦又飞回小岛。

在它养精蓄锐、重又感到强壮之时，又携带它的第二只雏鸦飞越大海。可它又飞累了，累得几乎无法振翅飞翔了。

它又对第二个雏儿提出同样的问题，而这第二个雏儿也由于怕被淹死而不假思索地回答道："我会照顾你的，爸爸！"

可它的爸爸不相信它。在老乌鸦筋疲力尽之际又松开了爪子，它的第二个孩子也葬身于大海之中。这样在小岛的窝中剩下一只小乌鸦了。老乌鸦携带起它的最后一个雏儿飞越大海。

"儿子，"它问道，"我老了，你会喂我照顾我吗？"

"不，爸爸，我不会这样做的。"小乌鸦回答说。

"那为什么呢？"老乌鸦问。

"要是你老了，我长大了，我会有自己的窝，要养活和照顾自己的雏儿。"

"他说的是实话，"老乌鸦想，"他要筑自己的窝，养育自己的孩子。"

老乌鸦用尽最后的气力往高处飞翔，拍打着翅膀，带自己的雏儿飞越波涛汹涌的大海，稳妥地来到了陆地。

莺鸟与铁星

——毕淑敏

在南太平洋的岛屿中，飞翔着一种有动听鸣叫的美丽小鸟，叫做莺鸟。它们长着形色各异的喙，岛屿上物产丰富的日子，莺鸟们靠吃多种草籽为生，活得悠哉。但是饥馑来了。干旱袭击了岛屿，整个大地好像是刚刚凝固的炽热火山，赤红的土地，看不到一丝绿色。科学家找到从前研究过的莺鸟，它们的腿上拴着铁环，观测结果，发现莺鸟们的体重大减，挣扎在死亡线上。

原因是食物奇缺，能吃的都吃光了，唯一剩下的是一种叫“蒺藜”的草籽，它浑身是锋利的硬刺，锐不可当，在深深的内核里隐藏着种仁，好像美味的巧克力封死在铁匣中。蒺藜还有一个名字叫“铁星”，象征着难以攻克。拉丁文的意思是“挤压和疼痛”。

莺鸟用自己柔弱的喙，啄开一粒铁星，先要把它顶在地上，又咬又扭，然后顶住岩石，上喙发力，下喙挤压，直到精疲力竭才能把外壳扭掉，吃到活命粮草。

岛上开始了残酷的生存之战。没有刀光剑影，唯一的声音就是嗑碎蒺藜的噼啪声。很多莺鸟饿死了，有些顽强地生存下来。科学家想，生和死的区别在哪里呢？

经过详细的研究，喙长十一毫米的莺鸟，就能够嗑开铁星，而喙长十点五毫米的莺鸟，就望“星”兴叹，无论如何也叩不开戒备森严的生命之门。

零点五毫米之差，就决定了莺鸟的生死存亡。在丰衣足食的时候，一切都被温柔地遮盖了，但月亮并不总是圆的，事物的规律跌宕起伏。

我猜想，那些饿死的莺鸟在最后时分，倘能思索，一定万分后悔地想自己为什么没能生就一枚长长的利喙！短喙的莺鸟，是天生的，它们遭到了大自然无情的淘汰。但人类的喙——我们思维的强度，历练的经验，广博的智慧，强健的体力，合作的风采，幽默的神韵——却可以在日复一日的积累中，渐渐地磨炼增长，成为我们度过困厄的支柱。

金丝雀

——（日本）川端康成

夫人，我不得不背约再给您写最后一封信。

我不能把您去年送我的金丝雀养下去了。金丝雀一直是我妻子照料的，我只管闲看，看时便想到夫人——夫人说过的吧：您有妻子，我有丈夫，我们还是分手吧；除非，您没有妻子……这金丝雀作我的念物送给您，常看它吧。这金丝雀是夫妻呢，可是，却是哪个鸟贩子任意捉了一雌一雄关进一只笼中的啊！雀儿原非情愿。反正，借这对鸟怀念我吧。把活物作纪念品赠送，也许可笑，可是我们的相思也是活的；金丝雀总会死吧，我们之间的相思，也让它在不得不死去的时候死去吧。

这对金丝雀要死了。喂养人已经死去，我这么个懒散的穷画家养不了这么娇弱的小鸟，摊开说吧，照料小鸟的妻死了。就是说，妻既死金丝雀也得死。——试想吧夫人，使我思念夫人的不是我的妻吗？

我想过是否将金丝雀放生。可是妻死后这对小鸟骤然萎蔫了，而且天空对它们又是未知世界，在这座城市或附近的树林，都没有可以和这双夫妻结伴飞翔的鸟类。如果两只鸟各飞东西，也只有各自死去。夫人说过，它们原是哪个鸟贩子任意捉来一雌一雄关进同一笼中的。

此外，我也不愿卖给鸟贩子，因为是夫人的赠物。又不想奉还原主，因为妻子曾喂养它。再说，说不定夫人已忘了这对小鸟，徒添困扰。

重申一遍。因为有妻的存在，夫人的念物金丝雀才活到今天。因此，夫人，我想让这对金丝雀为妻殉死。这不单纯是纪念。我为什么和夫人这样的人产生了恋情呢，不是因为有妻的存在吗？妻使我完全忘却了生活的苦涩，不让我看见生活的那另一半。否则，我在夫人这样的女性面前，一定会侧过脸，或是低头而过吧。

夫人，可以让这对金丝雀死去埋进妻的坟墓吗？

乌鸦之歌

——席永君

对乌鸦的热爱缘于一次食物中毒事件。五年前，一个细雨的秋日清晨，大地还沉浸在丰收后的寂静里，劳碌一天的人们仍在熟睡，一群乌鸦在邻近成都的都江堰市郊区的田野上空盘旋，发出绝望的悲鸣。人们从似是而非的梦中惊醒，他们一大早便听到乌鸦“哇——哇——”的聒噪，还以为自己将大祸临头，谁知，灾难并未降临在他们头上，大祸临头的是那些飞越了千山万水，早已精疲力竭的乌鸦。这些远道而来的客人，来不及欣赏人类文化遗产的美丽景色，便收敛起它们自由而高贵的翅膀，一只接一只像离弦的箭身不由己地射向田野。不一会儿功夫，薄雾缭绕的田野里便噩梦般黑压压地落满了乌鸦。田野里的乌鸦，有的还在垂死挣扎，有的早已一动不动。上百只乌鸦就这样躺在空旷、寂静的田野里，它们死不瞑目。目睹这一惨景的人，无不为之赫然心悸。据说，乌鸦具有预知功能，然而，这些预言家最后的叫声预言的却是自己的死亡。

这次食物中毒事件，让我对乌鸦的处境颇为担忧。从某种意义上讲，乌鸦还不是合格的预言家，它们能嗅出死亡或腐败的气味，并由此预言一个人的死，却不能预知人类的恶毒和诡计多端，以及这种恶毒和诡计多端所散发出的死亡或腐败的气息。这次食物中毒事件，并未引起人们对乌鸦的同情，仿佛它们死有余辜。

在中国人心目中，乌鸦是不吉祥的动物，是报凶信的使者。如果某户人家将有灾祸，乌鸦便会栖息在门前的树上；如果某个朝代即将灭亡，乌鸦便会群集于华表之上聒噪。相信科学的现代人认为，这是迷信，然而，真正迷信的永远是人，而不是动物。乌鸦只不过具有某种不为人知的“特异功能”而已。

其实，乌鸦与被誉为“吉祥之鸟”的喜鹊并没有太大的区别，为什么厚此薄彼，非得把乌鸦打入“丑恶”一类？是因为乌鸦饶舌，讲真话吗？实在让人弄不明白。某种意义上讲，已故的巴金先生就是一只乌鸦，他一生都在致力于讲真话，“把心交给读者”。他是一只多么善良、勇敢、可爱的乌鸦啊！德国有句俗谚，说是一只乌鸦不会啄掉另一只乌鸦的眼睛。诺贝尔生理医学奖得主、动物行为学大师劳伦兹进一步指出，一只驯养了的乌鸦，非但不会啄它的同类，更不会想到去碰你的眼睛。需要提防的永远是人。由此看来，乌鸦并非不祥之物。民间不是一直用“乌纱帽”来代表仕途吗？那些胸怀远大、野心勃勃的男人，哪个不想拥有这样一顶“帽子”啊！其实，乌鸦并不在乎你的误解，你甚至可以继续误解乌鸦，对乌鸦的死继续吝惜你的同情，但请记住这样一句话：“诚实的乌鸦比虚假的喜鹊好。”

燕子

——席慕容

前几年刚搬到石门乡间的时候，我还怀着凯儿，听医生的嘱咐，一个人常常在田野间散步。那个时候，山上还种满了相思树，苍苍翠翠的，走在里面，可以听到各式各样的小鸟的鸣声，田里面也总是绿意盎然，好多小鸟也会很大胆地从我身边飞掠而过。

我就是那个时候看到那一只孤单的小鸟的，在田边的电线杆上，在细细的电线上，它安静地站在那里，黑色的羽毛，像剪刀一样的双尾。

“燕子！”我心中像触电一样地呆住了。

可不是吗？这不就是燕子吗？这不就是我从来没有见过的燕子吗？这不就是书里说的、外婆歌里唱的那一只燕子吗？

在南国的温热的阳光里，我心中开始一遍又一遍地唱起外婆爱唱的那一首歌来了：“燕子啊！燕子啊！你是我温柔可爱的小小燕子啊……”

在以后的好几年里，我都会常常看到这种相同的小鸟，有的时候，我是牵着慈儿，有的时候，我是抱着凯儿，每一次，我都会兴奋地指给孩子看：“快看！宝贝，快看！那就是燕子，那就是妈妈最喜欢的小小燕子啊！”

怀中的凯儿正咿呀学语，香香软软的唇间也随着我说出一些不成腔调的儿语。

天好蓝，风好柔，我抱着我的孩子，站在南国的阡陌上，注视着那一只黑色的安静的飞鸟，心中充满了一种朦胧的欢喜和一种朦胧的悲伤。

一直到了去年的夏天，因为一个部门的邀请，我和几位画家朋友一起，到南部一个公园去写生，在一本报道垦丁附近天然资源的书里，我看到了我的燕子。图片上的它有着一样的黑色羽毛，一样的剪状的双尾，然而，在图片下的解释和说明里，却写着它的名字是“乌秋”。

在那个时候，我的周围有着好多的朋友，我却在忽然之间觉得非常的孤单。在我的朋友里，有好多位在这方面很有研究心得的专家，我只要提出我的问题，一定可以马上得到解答，可是，我在那个时候唯一的反应，却只是把那本书静静地合上，然后静静地走了出去。

在那一刹那，我忽然体会出来多年前的那一个下午，父亲失望的心情了。其实，不必向别人提出问题，我自己心里也已经明白了自己错误。但是，我想，虽然有的时候，在人生的道路上，我们是应该面对所有的真相，可是，有的时候，我们实在也可以保有一些小小的美丽的错误，与人无害，与世无争，却能带给我们非常深沉的安慰的那一种错误。

我实在是舍不得我心中那一只小小的燕子啊！（节选）

信鸽

——阿苇

二十多年年，信鸽一直是我的爱物。但我万万没想到，这些温顺美丽的小生灵，也和人一样，受不了“丑”的伤害！那天黄昏，邻居的小男孩活蹦乱跳地钻进阳台，来帮我喂食。当他踮起脚尖，把玉米送入鸽房时，惊讶得大叫起来：“阿姨，你看那只白鸽子，眼皮上那么多的疙瘩，多丑啊！不要给它喂食嘛！”“瞧你说的，白鸽子以前可美丽呢。都怪那该死的痘瘤长在它眼皮上，才弄成这又丑又瞎的模样。”

正欲回话的我，却无意发现白鸽已退到鸽房的旮旯里。耷拉着脑袋在瑟瑟发抖。我不免滋生要把白鸽子抱在怀里轻轻抚摩的念头。这时，邻居在隔壁呼唤小男孩回去吃饭。然而，就在我送小男孩回家的一瞬，白鸽子失踪了！第三天，我喂养的另一只名叫“将军”的灰鸽子，在摘下“千鸽之冠”返家时，被一群无聊的气枪手当赌注给打成重伤，翅膀断了，头顶上闪着银光的皮毛全掀了起来，血淋淋地掉在草丛中。我费了好大的力气才找到它。当我把灰鸽子抱到医院时，医生看着小鸽冷冷地说：“我看你这人是有病还是咋的？抱着这个残兵败将来敷药。哼，趁它还没死，杀了当下酒菜吧，这么丑陋的鸽子即便治好，又能有啥用呢……”这阴阳怪气的话真叫我愤怒。我瞪了医生一眼，气得扭头就走。一口气跑到朋友那儿弄来万花油、伤痛止血膏和纱布，好不容易把鸽子的伤口包扎完毕。然而，我离开鸽房不到半小时，那灰鸽子又不见了！两只曾经很美丽、很有本领的信鸽，在不到三天的时间内先后出走，这难道是偶然？我犯什么错误了？鸽子犯什么错误了？医生和小男孩犯什么错误了？严格说，全没有错。思前想后，不就是一个“丑”字，无幸地压在它们头上么？我怦然心动，动物的自尊心竟也如此之敏感！几回回，我徒步到山野、林子里寻觅、呼唤，然而，并没有赢得它们受伤的心。回屋再看剩在鸽房的两只失去情侣的鸽子，更生伤感：它们总是不吃不喝地伫立在各自的鸽房顶上，对着空旷的苍天哀鸣着，等待着。那种凄凄惨惨的神情，叫人直想淌泪。

凝视天穹如絮的云彩，我的思维像刚点了油的转椅，旋动了起来。一叠叠的反诘在瞳孔放映。啊，难道人的审美天性与鸽子的灵气会产生同感？难道动物也和人一样惧怕戴上“丑”的镣铐？连梦中都企盼鸽子重返家园的我，失望中，开始诅咒一切制造“丑”的原因。

我甚至想，任何善良与灵性，一旦涂抹上“丑”的色彩，都可能酝酿出各种无辜的悲剧。

呵，我心爱的鸽子，今晚，你在哪里安宿呢？没有视力、没有翅膀的你，除了葬身于野外荒郊，还能有什么别的结局呢？踩着月光的足迹，我跨进了黑夜的门槛。一阵寒风拂来，浑身凉丝丝的。原来，站在袅袅腾腾的夜雾中的我，此刻，已沉默得如同一尊流泪的雕像……

家乡的桥

街

——沈从文

有个小小的城镇，有一条寂寞的长街。

那里住下许多人家，却没有一个成年的男子。因为那里出了一个土匪，所有男子便都被人带到一个很远很远的地方去，永远不再回来了。他们是五个十个用绳子编成一连，背后一个人用白木梃子敲打他们的腿，赶到别处去做军队上搬运军火的案了的。他们为了“国家”应当忘了“妻子”。

大清早，各个人家从梦里醒转来了。各个人家开了门，各个人家的门里，皆飞出一群鸡，跑出一些小猪，随后男女小孩子出来站在门限上撒尿，或蹲到门前撒尿，随后便是一个妇人，提了小小的木桶，到街市尽头去提水。有狗的人家，狗皆跟着主人身前身后摇着尾巴，也时时刻刻照规矩在人家墙基上抬起一只腿撒尿，又赶忙追到主人前面去。这长街早上并不寂寞。

当白日照到这长街时，这一条街静静的像在午睡，什么地方柳树桐树上有新蝉单纯而又倦人的声音，许多小小的屋里，湿而发霉的土地上，头发干枯脸儿瘦弱的孩子们，皆蹲在土地上或伏在母亲身边睡着了。作母亲的全按照一个地方的风气，当街坐下，织男子们束腰用的板带过日子。

许多人家门对着门，白日里，日头的影子正正地照到街心不动时，街上半天还无一个人过身。每一个低低的屋檐下人家里的妇人，各低下头来赶着自己的工作，做倦了，抬起头来，用疲倦忧愁的眼睛，张望到对街的一个铺子，或见到一条悬挂到屋檐下的带样，换了新的一条，便仿佛奇异的神气，轻轻地叹着气，用犬骨板击打自己的下颌，因为她一定想起一些事情，记忆到由另一个大城里来的收货人的买卖了。她一定还想到另外一些事情。

有时这些妇人把工作停顿下来，遥遥地谈着一切。最小的孩子饿哭了，就拉开衣的前襟，抓出枯瘪的乳头，塞到那些小小的口里去。她们谈着手边的工作，谈着带子的价钱和棉纱的价钱，谈到麦子和盐，谈到鸡的发瘟，猪的发瘟。

街上也常常有穿了红绸子大裤过身的女人，脸上抹胭脂擦粉，小小的髻子，光光的头发，都说明这是一个新娘子。到这时，小孩子便大声喊着看新娘子，大家完全把工作放下，站到门前望着，望到看不见这新娘子的背影时才重重地换了一次呼吸，回到自己的工作凳子上去。

街上有时有一只狗追一只鸡，便可以看见到一个妇人持了一长长的竹子打狗的事情，使所有的孩子们都觉得好笑。长街在日里也仍然不寂寞。

黄昏里，街上各处飞着小小的蝙蝠。望到天上的云，同归巢还家的老鸹，背了小孩子们到门前站定了的女人们，一面摇动背上的孩子，一面总轻轻地唱着忧郁凄凉的歌，愉悦到心上的寂寞。

“爸爸晚上回来了，回来了，因为老鸹一到晚上也回来了！”

远处山上全紫了，土城擂鼓起更了，低低的屋里，有小小油灯的光，可以画出屋中的一切轮廓，听到筷子的声音，听到碗盏磕碰的声音……但忽然间小孩子又哇地哭了。

爸爸没有回来。有些爸爸早已不在这世界上了，但并没有信来。有些临死时还忘不了家中的一切，便托人带了信回来。得到信息哭了一整夜的妇人，到晚上便把纸钱放在门前焚烧。红红的火光照到街上人家的屋檐，照到各个人家的大门。见到这火光的孩子们，也照例十分欢喜。长街这时节也并不寂寞的。

阴雨天的夜里，天上漆黑，街头无一个街灯，狼在土城外山嘴上嗥着，用鼻子贴近地面，如一个人的哭泣，地面仿佛浮动在这奇怪的声音里。什么人家的孩子在梦里醒来，吓哭了，母亲便说：“莫哭，狼来了，谁哭谁就被狼吃掉。”

卧在土城上高处木棚里老而残废的人，打着梆子。这里的人不须明白一个夜里有多少更次，且不必明白半夜里醒来是什么时候。那梆子声音，只是告给长街上人家，狼已爬进土城到长街，要他们小心一点门户。

一到阴雨的夜里，这长街更不寂寞，因为狼的争斗，使全街热闹了许多。冬天若夜里落了雪，则早早地起身的人，开了门，便可看到狼的脚迹，同糍粑一样印在雪里。（节选）

天窗

——茅盾

乡下的房子只有前面一排木板窗。暖和的晴天，木板窗扇扇开直，光线和空气都有了。

碰着大风大雨，或者北风呼呼地叫的冬天，木板窗只好关起来，屋子里就黑得地洞里似的。

于是乡下人在屋面开一个小方洞，装一块玻璃，叫做天窗。

夏天阵雨来了时，孩子们顶喜欢在雨里跑跳，仰着脸看闪电，然而大人们偏就不许，“到屋里来呀！”孩子们跟着木板窗的关闭也就被关在地洞似的屋里了；这时候，小小的天窗是唯一的慰藉。

从那小小的玻璃，你会看见雨脚在那里卜落卜落跳，你会看见带子似的闪电一片；你想象到这雨，这风，这雷，这电，怎样猛厉地扫荡了这世界，你想象它们的威力比你在露天真实感到的要大这么十倍百倍。小小的天窗会使你的想象锐利起来！

晚上，当你被逼着上床去“休息”的时候，也许你还忘不了月光下的草地河滩，你偷偷地从帐子里伸出头来，你仰起了脸，这时候，小小的天窗又是你唯一的慰藉！

你会从那小玻璃上面的一粒星，一朵云，想象到无数闪闪烁烁可爱的星，无数像山似的，马似的，巨人似的，奇幻的云彩；你会从那小玻璃上面掠过的一条黑影想象到这也许是灰色的蝙蝠，也许是会唱的夜莺，也许是恶霸似的猫头鹰，——总之，美丽的神奇的夜的世界的一切，立刻会在你的想象中展开。

啊唷唷！这小小一方的空白是神奇的！它会使你看见了若不是有了它你就想不起来的宇宙的秘密；它会使你想到了若不是有了它你就永远不会联想到的种种事件！

发明这“天窗”的大人们，是应得感谢的。因为活泼会想的孩子们会知道怎样从“无”中看出“有”，从“虚”中看出“实”，比任凭他看到的更真切，更阔达，更复杂，更确实！

市集

——沈从文

廉纤的毛毛细雨，在天气还没有大变以前欲雪未能的时节，还是霏霏微微落将下来。一个小小乡场，位置在又高又大陡斜的山脚下，前面濒着幽幽的河，如烟如雾雨丝织成的帘幕，一起把它蒙罩着了。

照例的三八市集，还是照例的有好多好多乡下人，小田主，买鸡到城里去卖的小贩子，花幞头大耳环丰姿隽逸的苗姑娘，与穿高筒子老牛皮靴的团总，各从附近的乡村来做买卖。他们的草鞋底半路上带了无数黄泥浆到集上来，又从场上大坪坝内带了不少的灰色浊泥归去。去去来来，人也数不清多少。

集上的骚动，吵吵闹闹，凡是到过南方乡下的人，是都会知道的。

倘若你是由远远的另一处地方听着，那种喧嚣的起伏，你会疑心到是滩水流动的声音了！

卖猪的场上，他们把小猪崽的耳朵提起来给买主看时，那种尖锐的嘶喊声，使人听来不愉快至于牙齿根也发酸。卖羊的场上，许多美丽驯服的小羊儿咩咩地喊着。一些不大守规矩的大羊，无聊似的，两个把前蹄举起来，作势用前额相碰。大概相碰是可以驱逐无聊的，所以第一次相碰后，却又作势立起来为第二次预备。牛场却单独占据在场左边一个大坪坝，因为牛的生意在这里占了全部交易四分一以上。那里四面搭起无数小茅棚（棚内卖酒卖面），为一些成交后的田主们喝茶喝酒的地方。那里有大锅大锅香喷喷的肥狗肉，有从总兵营一带担来卖的高粱烧酒，也还有城里馆子特意来卖面的。

假若你是城里人来这里卖面，他们因为想吃香酱油的缘故，都会来你馆子，那么，你生意便比其他铺子要更热闹了。

到城里时，我们所见到的东西，不过小摊子上每样有一点罢了！这里可就大不相同。单单是卖鸡蛋的地方，一排一排地摆列着，满箩满筐地装着，你数过去，总是几十担。辣子呢，都是一屋一屋搁着。此外干了的黄色草烟，用为染坊染布的五倍子和栎木皮，还未榨出油来的桐茶子，米场白蒙白蒙的米……都多得怕人。

不大宽的河下，满泊着载人载物的灰色黄色小艇，一排排挤挤挨挨地相互靠着也难于数清。

到这天，做生意的真不容易！脚底下笼着他那双厚底高筒的老牛皮靴子（米场的），为这个爬斗，为那个倒箩筐。

（牛羊场的）一面为这个那个拉拢生意，身上让卖主拉一把，又让买主拉一把；一面又要顾全到别的地方因争持时闹出岔子的调排，委实不是好玩的事啊！大概他们声音都略略嚷得有点嘶哑，虽然时时为别人扯到馆子里去润喉。不过，他今天的收入，也就很可以酬他的劳苦了。

……

当铺

——萧红

“你去当吧！你去当吧，我不去！”

“好，我去，我就愿意进当铺，进当铺我一点也不怕，理直气壮。”

新做起来的我的棉袍，一次还没有穿，就跟着我进当铺去了！在当铺门口稍微徘徊了一下，想起出门时郎华要的价目——非两元不当。

包袱送到柜台上，我是仰着脸，伸着腰，用脚尖站起来送上去的，真不晓得当铺为什么摆起这么高的柜台！

那戴帽头的人翻着衣裳看，还不等他问，我就说了：“两块钱。”

他一定觉得我太不合理，不然怎么连看我一眼也没看，就把东西卷起来，他把包袱仿佛要丢在我的头上，他十分不耐烦的样子。

“两块钱不行，那么，多少钱呢？”

“多少钱不要。”他摇摇像长西瓜形的脑袋，小帽头顶尖的红帽球，也跟着摇了摇。

我伸手去接包袱，我一点也不怕，我理直气壮，我明明知道他故意作难，正想把包袱接过来就走。猜得对对的，他并不把包袱真给我。

“五毛钱！这件衣服袖子太瘦，卖不出钱来……”

“不当。”我说。

“那么一块钱，……再可不能多了，就是这个数目。”他把腰微微向后弯一点，柜台太高，看不出他突出的肚囊……

一只大手指，就按在和他太阳穴一般高低的地方。

带着一元票子和一张当票，我快快地走，走起路来感到很爽快，默认自己是很有钱的人。菜市，米店我都去过，臂上抱了很多东西，感到非常愿意抱这些东西，手冻得很痛，觉得这是应该，对于手一点也不感到可惜，本来手就应该给我服务，好像冻掉了也不可惜。走在一家包子铺门前，又买了十个包子，看一看自己带着这些东西，很骄傲，心血时时激动，至于手冻得怎样痛，一点也不可惜。路旁遇见一个老叫化子，又停下来给他一个大铜板，我想我有饭吃，他也是应该吃啊！然而没有多给，只给一个大铜板，那些我自己还要用呢！又摸一摸当票也没有丢，这才重新走，手痛得什么心思也没有了，快到家吧！快到家吧。但是，背上流了汗，腿觉得很软，眼睛有些刺痛，走到大门口，才想起来从搬家还没有出过一次街，走路腿也无力，太阳光也怕起来。

又摸一摸当票才走进院去。郎华仍躺在床上，和我出来的时候一样，他还不习惯于进当铺。他是在想什么。拿包子给他看，他跳起来：“我都饿啦，等你也不回来。”

十个包子吃去一大半，他才细问：“当多少钱？当铺没欺负你？”

把当票给他，他瞧着那样少的数目：“才一元，太少。”

虽然说当得的钱少，可是又愿意吃包子，那么结果很满足。他在吃包子的嘴，看起来比包子还大，一个跟着一个，包子消失尽了。

歌声

——朱自清

昨晚中西音乐歌舞大会里“中西丝竹和唱”的三曲清歌，真令我神迷心醉了。

仿佛一个暮春的早晨，霏霏的毛雨默然洒在我脸上，引起润泽，轻松的感觉。新鲜的微风吹动我的衣袂，像爱人的鼻息吹着我的手一样。我立的一条白矾石的甬道上，经了那细雨，正如涂了一层薄薄的乳油；踏着只觉越发滑腻可爱了。

这是在花园里。群花都还做她们的清梦。那微雨偷偷洗去她们的尘垢，她们的甜软的光泽便自焕发了。在那被洗去的浮艳下，我能看到她们在有日光时所深藏着的恬静的红，冷落的紫，和苦笑的白与绿。以前锦绣般在我眼前的，现在都带了黯淡的颜色。——是愁着芳春的销歇么？是感着芳春的困倦么？

大约也因那蒙蒙的雨，园里没了秾郁的香气。涓涓的东风只吹来一缕缕饿了似的花香；夹带着些潮湿的草丛的气息和泥土的滋味。园外田亩和沼泽里，又时时送过些新插的秧，少壮的麦，和成荫的柳树的清新的蒸气。这些虽非甜美，却能强烈地刺激我的鼻观，使我有愉快的倦怠之感。

看啊，那都是歌中所有的：我用耳，也用眼，鼻，舌，身，听着；也用心唱着。我终于被一种健康的麻痹袭取了。于是为歌所有。此后只由歌独自唱着，听着；世界上便只有歌声了。

炊烟

——么庆旺

人们常说：往事如烟。而往事又如一种什么烟呢？于我，故乡的炊烟笼罩着记忆天空中挥不去的往昔。

当看到一颗希望的种子在家乡于家堡萌发，把一个千姿百态的立体画面展现在人们面前时，怎不令人遐想，催人反思。

我从小生长在海边。那时于家堡遍地芦苇黄蓿，一年四季，白茫茫的盐碱，一汪汪盐水如同泡在咸苦的大海之中。

小时候，我就对炊烟有了记忆。于家堡以渔民居多，“天下之险，海为先”。当渔民出海回来，河岸上一座座煮蛐子的锅灶冒起了青烟。未等将蛐抬运上岸，守候剥蛐子的渔民家属和村民已经拥挤在灶膛的周围。我看见一筐筐吱吱叫的蛐子被倒入大锅里，一齐张开了金黄色的嘴。啊！这鲜美的香味，那缕缕的烟气，一下子闯进了我的心怀。炊烟袅袅，如同童年的召唤声声。

父亲说：“炊烟是一种生气。村子旺不旺，远远地看看炊烟就知道了。”记得白天我和小伙伴在外玩捉迷藏，玩够了就躺在土坡上，望着蓝紫色的炊烟透过房顶与淡淡的薄雾相互缠绵。若有微风，它们就缕缕丝丝地向一方斜斜飘去，飘向无垠的苍穹，直到远处响起母亲喊我们回家吃饭那甜甜的声音……

炊烟是一种燃不尽的乡野文化，也是悬挂在我记忆中的一幅永不褪色的图画，自然，悠远，无需装裱。

每次放学回家，远远就看见自家的烟囱冒着炊烟。走进家门，母亲一准儿蹲在灶台旁“贴饽饽熬小鱼”。别看灶屋里烟熏火燎很呛人，但那飘出来的香味却让人直流口水……

炊烟，是我对家乡生活记忆中最难割舍的片段。多年来，每当落日的余晖在天边渐渐浅淡，夜色在晚风中悄然飘落，村庄上空就会徐徐升起一缕缕蓝色的炊烟；和最初降下的夜幕交融在一起，轻盈地弥散开来，缠挂在渔船、河边、屋脊、树梢，融成一片充满诗意的朦胧。这时，赶潮抢网的渔民扛着渔具，带着满身泥腥自豪地回家。而笑迎丈夫归来的主妇们，很快便把捕回来的鱼虾煮熟。孩子们不管玩得多疯多野，只要望一眼炊烟，便掉头跑回家去，因为炊烟中掺杂着鲜鱼的香气。全家人在昏黄的灯光下共度一天最快乐的时光。

在充满鸡鸣犬吠声的村庄里，炊烟是一种最能撩人心魄的风景。它勾起一代代文人墨客的诗情。陶渊明的“暖暖远人村，依依墟里烟”，王维的“渡头余落日，墟里上孤烟”，都是借炊烟的形象点缀和平宁静的田舍风光。

无论你是渔村还是农村长大的人，尽管日后到了红尘万丈，物欲横流的城市，只要心中还飘摇着那缕炊烟，就一定能守住故乡人的质朴与纯真。

我是一堵墙。

一堵深灰色并非古老却被人们所遗弃的墙。

我生命的全部意义在于存在与缄默……

一群孩子在我身上大肆涂鸦，乱写乱画，我并没有对他们产生厌恶的情感。因为他们还小，还不懂事，当他们长大了就会明辨是非，因为在他们充满稚气的可爱的小脸上充盈着一种快乐、一种纯真。我喜欢这份纯真的笑靥。

一棵槐树依附着我向上不停地生长，由我承受着它的绝大部分重力，树根深深扎入墙基侵犯着我的领地，一副根深蒂固要横空出世的模样。我没有拒绝它的依靠，更没有为它的侵占而争吵。因为我还是比较怜爱那一片翠绿、一片鲜亮、一片枝繁叶茂。

那一切不论无意还是有意的侵袭，我都没有吭声没有抗争，我并不懂得基督教，更不领会“当别人打你左脸，把右脸也给他打”的座右铭，我仅仅是以自己的一点儿伤痛换取他人的快乐与满足，那不是懦弱，也不是胆怯，而是忍耐！

生活依旧如此，不算暗淡，但也不是多彩。

又是一群孩子，他们手拿大刷子和染料，仿佛又是要大干一场。我坦然面对他们，并不想发表任何评论。但是看到他们那认真严肃的神情，我在衷心祝福他们成为艺术家。而当他们离去，我才发现自己周身大变模样，原来沉闷的颜色被一片色彩斑斓极富想象力的色彩所代替……

还是那棵老槐树，在风雨交加之中，我似乎随时都有坍塌的可能。然而那宽大的枝叶为我遮避风雨的打击，那坚固的根系将我支撑。我安静地面对暴风骤雨……

日子一天一天过，会有很多不如意，但也有更多的快乐、温馨。渐渐的，我明白：善待他人，就是善待自己。

这是我，一堵墙的哲理。

家乡的桥

——郑莹

家乡的桥是我梦中的桥。

家乡村边有一条河，曲曲弯弯，河中架一弯石桥，弓样的小桥横跨两岸。

每天，不管是鸡鸣晓月，日丽中天，还是月华泻地，小桥都印下串串足迹，洒落串串汗珠，那是乡亲为了追求多棱的希望，兑现美好的遐想。弯弯小桥，不时荡过轻吟低唱，不时露出舒心的笑容。

因而，我稚小的心灵，曾将心声献给小桥：你是一弯银色的新月，给人间普照光辉；你是一把闪亮的镰刀，割刈着欢笑的花果；你是一根晃悠悠的扁担，挑起了彩色的明天！哦，小桥走进我的梦中。

我在飘泊他乡的岁月，心中总涌动着故乡的河水，梦中总看到弓样的小桥。当我访南疆探北国，眼帘中闯进座座雄伟的长桥时，我的梦变得丰满了，增添了赤橙黄绿青蓝紫。

弯弯的小桥，是我梦中的桥吗？

三十多年过去，我戴着满头霜花回到故乡，第一紧要的便是去看望小桥。

啊！小桥呢？小桥躲起来了？河中一道长虹，浴着朝霞熠熠闪光。哦，雄浑的大桥敞开胸怀，汽车的呼啸、摩托的笛音、单车的丁零，合奏着进行交响乐；南来的钢筋、花布，北往的柑橙、三鸟，绘出交流欢跃图……

满桥豪笑满桥歌啊！蜕变的桥，传递了家乡进步的消息，透露了家乡富裕的声音。时代的春风，美好的追求，我蓦地记起儿时唱给小桥的歌，哦，明艳艳的太阳照耀了，芳香甜蜜的花果捧来了，五彩斑斓的月拉开了！

我心中涌动的河水，激荡起甜美的浪花。我仰望一碧蓝天，心底轻声呼喊：家乡的桥啊，我梦中的桥！

书房的窗子

——杨振声

说起窗子，那真是人类穴居之后一点灵机的闪耀才发明了它。它给你清风与明月，它给你晴日与碧空，它给你山光与水色，它给你安安静静的坐于窗前，欣赏着宇宙的一切，一句话，它打通与你天然的界限。

窗子的功用，虽是到处一样，而窗子的方向，却有各人的嗜好不同。陆放翁的“一窗晴日写黄庭”，大概指的是南窗，我不反对南窗的光明与健康，特别在北方的冬天，南窗放进满屋的晴日，你随便拿一本书坐在窗下取暖，书页上的诗句全浸润在金色的光浪中，你书桌旁若有一盆腊梅那就更好——腊梅比红梅色雅而秀清，价钱并不比红梅贵多少。那么，就算有一盆腊梅罢。腊梅在阳光的照耀下荡漾着芬芳，把几枝疏脱的影子漫画在新洒扫的蓝砖地上，如漆墨画。天知道，那是一种清居的享受。

东窗的初红里迎着朝暾，你起来开了格扇，放进一屋的清新。朝气洗涤了昨宵一梦的荒唐，使人精神清振，与宇宙万物一体更新。假使你窗外有一株古梅或是海棠，你可以看“朝日红妆”；有海，你可以看“海日生残夜”；一无所有，看朝霞的艳红，再不然，看想象中的郦宫，“晓日靓装千骑女，白樱桃下紫纶巾”。

“挂起西窗浪接天”，这样的西窗，不独坡翁喜欢，我们谁都喜欢。然而西窗的风趣，正不止此，压山的红日徘徊于西窗之际，照出书房里一种透明的宁静。苍蝇的搓脚，微尘的轻游，都带些倦意了。人在一日的劳动后，带着微疲放下工作，舒适地坐下来吃一杯热茶，开窗西望，太阳已隐到山后了。田间小径上疏落地走着荷锄归来的农夫，隐约听见母牛哞哞地唤着小犊同归。山色此时已由微红而深紫，而黝蓝。苍然暮色也渐渐笼上山脚的树林。西天上独有一缕镶着黄边的白云冉冉而行。

然而我独喜欢北窗。那就全是光的问题了。

说到光，我有一个偏向，就是不喜欢直接的光而喜欢反射的光。就拿日光来说罢，我不爱中午的骄阳，而爱“晨光之熹微”与落日的古红。纵使光度一样，也觉得一片平原的光海，总不及山阴水曲间光线的隐翳，或枝叶扶疏的树阴下光波的流动。至于反光更比直光来得委婉。“残夜水明楼”是那般的清虚可爱；而“明清照积雪”使你感到满目清晖。

说到反光，当然便到了“窗子以外”了，我不敢想象窗外有什么明湖或青山的反光，那太奢望了。我只希望北窗外有一带古老的粉墙。你说古老的粉墙？一点不错。最低限度的要老到透点微黄的颜色；假如可能，古墙上生几片清翠的石斑。这墙不要去窗太近，太近则逼仄，使人心狭；也不要太远，太远便不成为窗子屏风；去窗一丈五尺左右便好。如此古墙上的光辉反射在窗下的桌上，润泽而淡白，不带一分逼人的霸气。这种清光绝不会侵凌你的幽静，也不会扰乱你的运思。它与清晨太阳未出以前的天光，及太阳初下，夕露未滋湖面上的水光同是一样的清幽。（节选）

白杨礼赞

白杨礼赞

——茅盾

白杨树实在不是平凡的，我赞美白杨树！

当汽车在望不到边际的高原上奔驰，扑入你的视野的，是黄绿错综的一条大毯子；黄的，那是土，未开垦的处女土，几百万年前由伟大的自然力所堆积成功的黄土高原的外壳；绿的呢，是人类劳力战胜自然的成果，是麦田，和风吹送，翻起了一轮一轮的绿波——这时你会真心佩服昔人所造的两个字“麦浪”，若不是妙手偶得，便确是经过锤炼的语言的精华。黄与绿主宰着，无边无垠，坦荡如砥，这时如果不是宛若并肩的远山的连峰提醒了你，你会忘记了汽车是在高原上行驶，这时你涌起来的感想也许是“雄壮”，也许是“伟大”，诸如此类的形容词，然而同时你的眼睛也许觉得有点倦怠，你对当前的“雄壮”或“伟大”闭了眼，而另一种味儿在你心头潜滋暗长了——“单调”！可不是，单调，有一点儿吧？

然而刹那间，要是你猛抬眼看见了前面远远地有一排，——不，或者甚至只是三五株，一二株，傲然地耸立，像哨兵似的树木的话，那你的恹恹欲睡的情绪又将如何？我那时是惊奇地叫了一声的！

那就是白杨树，西北极普通的一种树，然而实在不是平凡的一种树！

那是力争上游的一种树，笔直的干，笔直的枝。它的干呢，通常是丈把高，像是加以人工似的，一丈以内，绝无旁枝；它所有的丫枝呢，一律向上，而且紧紧靠拢，也像是加以人工似的，成为一束，绝无横斜逸出；它的宽大的叶子也是片片向上，几乎没有斜生的，更不用说倒垂了；它的皮，光滑而有银色的晕圈，微微泛出淡青色。这是虽在北方的风雪的压迫下却保持着倔强挺立的一种树！哪怕只有碗那样粗细，它却努力向上发展，高到丈许，二丈，参天耸立，不折不挠，对抗着西北风。

这就是白杨树，西北极普通的一种树，然而决不是平凡的树！

它没有婆娑的姿态，没有屈曲盘旋的虬枝，也许你要说它不美丽，——如果美是专指“婆娑”或“横斜逸出”之类而言，那么白杨树算不得树中的好女子；但是它却伟岸，正直，朴质，严肃，也不缺乏温和，更不用提它的坚强不屈与挺拔，它是树中的伟丈夫！当你在积雪初融的高原上走过，看见平坦的大地上傲然挺立这么一株或一排白杨树，难道你觉得树只是树，难道你就不想到它的朴质，严肃，坚强不屈，至少也象征了北方的农民；难道你竟一点也不联想到，在敌后的广大土地上，到处有坚强不屈，就像这白杨树一样傲然挺立的守卫他们家乡的哨兵！难道你又不更远一点想到这样枝枝叶叶靠紧团结，力求上进的白杨树，宛然象征了今天在华北平原纵横决荡用血写出新中国历史的那种精神和意志。

白杨不是平凡的树。它在西北极普遍，不被人重视，就跟北方农民相似；它有极强的生命力，磨折不了，压迫不倒，也跟北方的农民相似。我赞美白杨树，就因为它不但象征了北方的农民，尤其象征了今天我们民族解放斗争中所不可缺的朴质，坚强，以及力求上进的精神。

让那些看不起民众，贱视民众，顽固的倒退的人们去赞美那贵族化的楠木，去鄙视这极常见，极易生长的白杨吧，但是我要高声赞美白杨树！

梧桐树

——丰子恺

寓楼的窗前有好几株梧桐树。这些都是邻家院子里的东西，但在形式上是我所有的。因为它们和我隔着适当的距离，好像是专门种给我看的。它们的主人，对于它们的局部状态也许比我看得清楚；但是对于它们的全体容貌，恐怕始终没看清楚呢。因为这必须隔着相当的距离方才看见。唐人诗云：“山远始为容。”我以为树亦如此。自初夏至今，这几株梧桐树在我面前浓妆淡抹，显出了种种的容貌。

当春尽夏初，我眼看见新桐初乳的光景。那些嫩黄的小叶子一簇簇地顶在秃枝头上，好像一堂树灯，又好像小学生的剪贴图案，布置均匀而带幼稚气。植物的生叶，也有种种技巧：有的新陈代谢，瞒过了人的眼睛而在暗中偷换青黄。有的微乎其微，渐乎其渐，使人不觉察其由秃枝变成绿叶。只有梧桐树的生叶，技巧最为拙劣，但态度最为坦白。它们的枝头疏而粗，它们的叶子平而大。叶子一生，全树显然变容。

在夏天，我又眼看见绿叶成阴的光景。那些团扇大的叶片，长得密密层层，望去不留一线空隙，好像一个大绿障，又好像图案画中的一座青山。在我所常见的庭院植物中，叶子之大，除了芭蕉以外，恐怕无过于梧桐了。芭蕉叶形状虽大，数目不多，那丁香结要过好几天才展开一张叶子来，全树的叶子寥寥可数。梧桐叶虽不及它大，可是数目繁多。那猪耳朵一般的东西，重重叠叠地挂着，一直从低枝上挂到树顶。窗前摆了几枝梧桐，我觉得绿意实在太多了。古人说“芭蕉分绿上窗纱”，眼光未免太低，只是阶前窗下的所见而已。若登楼眺望，芭蕉便落在眼底，应见“梧桐分绿上窗纱”了。

一个月以来，我又眼看见梧桐叶落的光景。样子真凄惨呢！最初绿色黑暗起来，变成墨绿；后来又由墨绿转成焦黄；北风一吹，它们大惊小怪地闹将起来，大大的黄叶便开始辞枝——起初突然地落脱一两张来，后来成群地飞下一大批来，好像谁从高楼上丢下来的东西。枝头渐渐地虚空了，露出树后面的房屋来，终于只剩下几根枝条，回复了春初的面目。这几天它们空手站在我的窗前，好像曾经娶妻生子而家破人亡了的光棍，样子怪可怜的！我想起了古人的诗：“高高山头树，风吹叶落去。一去数千里，何当还故处？”现在倘要搜集它们的一切落叶来，使它们一齐变绿，重还故枝，回复夏日的光景，即使仗了世间一切支配者的势力，尽了世间一切机械的效能，也是不可能的事了！回黄转绿世间多，但象征悲哀的莫如落叶，尤其是梧桐的落叶。

我的心于焉戚戚，但它们的主人，恐怕没有感到这种悲哀。因为他们虽然种植了它们，所有了它们，但都没有看见上述的种种光景。他们只是坐在窗下瞧瞧它们的根干，站在阶前仰望它们的枝叶，为它们扫扫落叶而已，何从看见它们的容貌呢？何从感到它们的象征呢?可知自然是不能被占有的。可知艺术也是不能被占有的。

青春余梦

——孙犁

我住的大杂院里，有一棵大杨树，树龄至少有七十年了。

它有两围粗，枝叶茂密。经过动乱、地震，院里的花草树木，都破坏了，唯独它仍然矗立着。这样高大的树木，在这个繁华的大城市，确实少见了。

我幼年时，我们家的北边，也有一棵这样大的杨树。我的童年，有很多时光是在它的下面、它的周围度过的。我不只在秋风起后，在那里拣过杨叶，用长长的柳枝穿起来，像一条条的大蜈蚣；在春天度荒年的时候，我还吃过杨树飘落的花，那可以说是最苦最难以下咽的野菜了。

现在我已经老了，蛰居在这个大院里，不能再向远的地方走去，高的地方飞去。每年冬季，我要升火炉，劈柴是宝贵的，这棵大杨树帮了我不少忙。霜冻以后，它要脱落很多干枝，这种干枝，稍稍晒干，就可以升火，很有油性，很容易点着。每听到风声，我就到它下面去拣拾这种干枝，堆在门外，然后把它们折断晒干。

在这些干枝的表皮上，还留有绿的颜色，在表皮下面，还有水分。我

想：它也是有过青春的呀！正像我也有过青春一样。然而它现在干枯了，脱落了，它不是还可以帮助别人升起火炉取暖吗？

是为序。

龙柏树

——贾平凹

龙是柏树，树长堰塘，塘在成都西的一个山坳里。我去看它的时候已经中午，天不晴不雨，恤恤地小船在长溪摇了一小时，人上岸，溪里的一群鸭子也上岸，竟一直导游到塘边。

塘实在的小，像一口游泳池，塘边的土峁上去就是人家，孤孤的一家，那个红袄绿裤的姑娘站在一堆柴禾前望着我，红肥绿瘦般地鲜艳。龙树螺旋形地横卧在塘的上空，让人担心要倒坍下去，亏得这土峁，以及土峁上的孤屋和姑娘压住了树根。我想，龙是从这一家农户出来的，或是龙从天上来，幻变了农人在这里潜藏。

天气已在三月，树梢有了嫩叶，稀稀落落不易见，而由根至梢，凤尾蕨附生茂盛。尾随从溪岸而来的一个汉子，热情解说这凤尾蕨只能在岸畔长的，谁也弄不清怎么就长在树上，长得这般密。“这是龙衣，一年一换的。”四川的口音，第一声特别地用力。“龙换衣不是冬季，而是盛夏！”龙之所以是龙，毕竟有它的神奇。这棵树原是一对的，左右把持在塘上，塘面就被罩住，养鸭养鱼，放水灌溉坳里的几十亩稻田。那一年屋里的老头死了，夜里一棵树就“嘎啦啦”塌倒。将塌倒的树锯开来，颜色红得像血。剩下的这棵树，从此每到天要下雨，整个树就一团水雾，坳下边的农民一见到树一团雾气了，就知道天要下雨了。周围的农民吃水到塘里担，水清冽甘甜，最能泡茶，每年到土峁的孤屋里去看望那一位鹤首鸡皮的老太太，害怕老太太过世了，这一棵龙树也就要塌倒吗？老太太依然健在，爱说趣话，能咬蚕豆。

树长为龙形的，可能很多，我是到安徽见过龙拓树，在平地扭着往空中冲，那里出了陈胜吴广；也到陕西霸河源头见过龙松树，沿一山坡逶迤几十米，那里李先念曾住过三年，后来李先念担任了三年国家主席。龙形的树都附着伟人的传说，这柏树却躲在山坳中，土峁上的人家都是农民，这龙该是布衣龙。

但龙就是龙，它是潜龙。

解说的汉子喋喋不休地解说龙柏树的奇妙，末了让我站在一个方位看树根部是不是像个牛头，又让我站在另一方位看树干上的疙瘩像不像个狗，又让我站……说像马像鸡。说毕了，他伸手向我讨解说费，他原来是要挣钱的，我付了他一张纸币，却批评他解说得不好：大方处不拘小节，龙就是龙，哪里又有这么多鸡零狗碎的东西呢？龙潜是为了起飞，而不是被猪狗所欺啊！

我爬上土峁去拜望那位老太太，红袄绿裤的姑娘却谢绝了，说：“我奶午睡哩！”终未能见。

偃松

——（俄罗斯）瓦尔拉姆·沙拉莫夫

在北疆，在原始森林和冻土带的交接处，在矮生的白桦林间和挂满意外硕大的、浅黄多汁浆果的低矮的花楸果丛中，在成活六百年之久的、成材已达三百年的落叶松林中，有一种特别的树——偃松，它是雪松的远亲。偃松林是常青的针叶灌木，人手臂粗的树干，两三米高。它极为平易，用根抓住山坡上的石缝生长。它像北方所有的树木一样英勇、执拗。它的触觉也非同一般。

深秋，早该是雪天，是冬天了。白色的天空尽头连日飘着低低的、有些发青的、仿佛是带着血痕的乌云。可今天，刺骨的秋风从清晨起就静得让人害怕。是雪的气息吗？不，不会下雪，偃松还没有卧下。一天天又过去了，没有下雪，乌云在山冈那边徘徊，小小的、苍白的太阳爬上了高高的天空，一切都和秋天一样……

偃松弯下身子，弯得越来越低，像是受到无法计量的、不断增大的重压。它用树顶抓挠石头，把身子贴到地面上，舒展开它那碧绿的树梢。它铺蔓开去，它像披着绿羽的章鱼。它躺着，等了一天又一天；终于，白色的天空洒下粉状的雪，于是，偃松便像熊一样进入冬眠。白色的山上胀起一堆堆巨大的雪泡——这是偃松树丛在躺倒冬眠。

冬天结束的时候，雪还用三米厚的雪层覆盖着大地，峡谷里暴风雪把厚厚的雪夯得像铁板一样结实。这时，人们便小心地寻找大自然中春天的气息，尽管看日历春天已经到了。不过白天是和冬天区分不开的——空气稀薄、干燥，同一月的空气没什么两样。所幸的是，人的知觉过于粗浅，悟性过于一般，而且感觉也不多——总共才五种，不足以预言和揣测。

在感觉方面，大自然要比人更细致入微。我们对此有所了解。还记得纯种的鲑鳟鱼吗？它们只游到那些能够产卵的河流里产下鱼卵，再由鱼卵长成这种鱼。还记得候鸟迁徙的秘密航线吗？植物晴雨表和花草晴雨表我们知道的也不少。

正是在这无涯的皑皑白雪之中，在无望之中，一棵偃松兀然立起，它抖落掉积雪，伸直整个躯干，把它那绿色的、挂着冰晶的、略带红褐色的松针直指天空。它听到了我们无法听到的春的呼吸，对着天深信不疑，率先在北国站立起来。冬天过去了。

事情也有另外的一面：篝火。偃松过于轻信。它不爱严冬，甚至趋信于篝火的温暖。冬天，假如在伛偻的、遇上冬天就蜷起身子的偃松周围点起篝火，偃松便会挺起身来。篝火熄了，大失所望的松林就会委屈地哭泣，重又弯下腰去，在原地躺倒。大雪把它掩埋起来。

不，它不仅仅预报天气。偃松还是希望之树，北疆唯一的常青树。在大雪白色的闪亮中，它暗绿的松针在诉说着南方、温暖、生命。夏天，它谦恭而平凡，周围所有的花木都在匆匆地绽放花朵，拼命在北方的短暂夏日里争奇斗艳。春天的花朵、秋天的花朵争先恐后地、无度地、狂暴地绽开。可是，秋天临近了，细小的黄松针已经飘飘洒洒，把落叶松弄得光秃秃的。黄色的小草打了卷儿，枯萎了，森林空旷。于是可以远远地看见，在浅黄色的小草和灰色的苔藓中，偃松那巨大的绿色火炬在森林里熊熊燃烧。

依我看，偃松永远是俄罗斯最富有诗意的树，比闻名遐迩的垂柳、法国梧桐和柏树更强。偃松劈柴烧火也更旺。

落叶树

——（日本）江要介

北京的街道，国槐、白杨之类的落叶树很多，冬天到来时，树叶就纷纷飘零，只剩下光秃秃的树身，任凭寒风侵袭，冰雪堆积，始终傲然屹立街头。

落叶树之所以能够抗击冰雪严寒，是因为它能够很好地保护自己的根部。为了保护根部，它把自身的一部分——树叶，毫不吝惜地撒落地面，树叶慢慢化作肥料，被根部吸收，成为再生的源泉。

落叶树深深懂得：藏在土里的树根比露在地面的枝和干更重要。

春来时，光秃秃的树枝上吐出的新芽美极了。枝干渐渐长大，向天空挥舞手臂，努力表明自己的存在。

这种力量来源于根。

到了夏天，繁茂的枝叶感受烈日暴晒的痛苦，可它依然不动声色。

这种忍耐是由于树阴挡住炽热的阳光使其根部的水分能得以保存的缘故。尽管骄阳似火，袒露的枝叶总要保护正在地下努力工作的树根——这使它们得以生存并蓬勃着生命。

总之，就是这样：时而落叶纷纷，时而郁郁葱葱；经受酷暑之苦也毫不介意，只要能保住根——生命的源泉。

落叶树这种坚韧不拔的精神激励着我。

我想，如果舍不得牺牲，故意逃避苦难，而疏于保护根，那便没有落叶树，也不会有大千世界的滔滔风云。

温柔的力量

——朱莉

院内缸里长有一株常绿植物，铁树，它色泽浓郁，不娇气。

艳阳下，它兀自青着，绿着，色泽浓郁；天阴，雨打叶片，看水珠在叶尖滑落，挺有诗意的。更叫我敬佩的是，夏天那三场台风刮过，院内的草本盆景连根拔起，看地上散落着好些瓷片，方知有好几株盆景在风中已不知去向。铁树没有，抽叶当剑，把雨临风，它像是个无畏的斗士，只是将如墨的头发在空中甩了甩，把雨摔成一地碎点，把风撕成满院细条。雨过，风停，铁树竟然毫发未损！

冬日，冷。天渐暗，要下雪的样子，我早早地想着把杜鹃一些小盆景搬进家里。铁树是不怕冻的，雪能奈何？

果然下雪了。雪不大，细细地飘。落上雪的叶，很好看。

一夜，雪只是这么无声无息地落着，一点也不张狂。

第二天一早，我惊讶地发现：铁树已在雪中趴下！

我用手拨去枝上的雪，每个枝的根部都有一个白生生断裂的印痕。铁树像是一头高傲的雄鹰，失去了飞翔的翅膀。

第二年，铁树没有再发新芽。铁树死了。

很多时候我们能够抗拒大风大浪的侵袭，却很难逃过温柔的一劫。

是的，温柔，也是一种无敌的力量。

竹思

——高洪波

竹文化是中国特有的文化，假如我们判断不错的话，竹文化应是与儒文化相得益彰的一种文化。在竹子身上，儒生们或看到气质、风骨，或看到虚心、谦虚，《岁寒三友图》是这方面最突出的典型，松竹梅从此成为屡屡出现在各种器皿上的图案。

中国文人中与竹子最亲近的当属蜀人苏轼，他的名言“宁可食无肉，不可居无竹。无肉令人瘦，无竹使人俗”，道破了苏东坡酷好竹的心态，而他策竹杖的风姿，也从此凝固为一种“何妨从容且前行”的造型，如果没有竹林衬映在苏东坡的身边，他迷人的魅力会大大削减。

蜀南竹海，地处宜宾，有翠竹数百亩，依山而产，起伏若海，规模亦如一片波涛汹涌的大海，尤其是高处鸟瞰，当云雾袭来之际，那种海的气势更扑面而来，耳畔似有涛声响声，如果此时有舟楫随绿浪起伏，注定是件毫不奇怪的事。

潜入竹海，同时也沉入绿海，呼吸着有淡淡清香的空气，感觉到绿色的氧气正源源地输入到自己的肺叶里，像清洁剂般清洗着因都市废气而吃力开合的肺，你几乎能够瞬间感到这种大自然珍贵的赐予。甜丝丝的滋味通过喉头气管，流向四肢百骸，流向大海及每一根血管和神经，而满眼充盈饱满的绿色，让你快意沉浮，直若化身为一尾鱼儿，沿着印满青苔的小径，管自游向竹林深处。

竹海中的竹子，以粗大的楠竹为主，也有苦竹、慈竹、龟甲竹及人面竹。与一位竹海作家闲聊，才知道竹子也分公母，母竹产笋，公竹则无。再细问，才知道每根竹子的每层竹节都由最初的一根竹枝生出，这竹枝若分出岔的，便是母竹，不分岔的，则为公竹。就是这么一点区分，简单，却又有大学问。记得若干年前去安徽，在出产砀山梨的一处集市上，我无意中也获得了类似的知识：梨如人类，亦分公母。母梨形大，且多汁甜美，公梨则逊色得多。

竹子与梨子岂止分雌雄，甚至还可能有自己的声音。近读《参考消息》，一篇题为《细听植物心声》的英国《泰晤士报》文章引起了我的兴趣，该文的副题更妙：《采花花朵哭泣摘瓜黄瓜尖叫》，而且这项由波恩大学应用物理研究所完成的科研成果证明，如果配备合适的窃听装置，他们就能够区分健康与染病的蔬菜。同时波恩大学的科学家们认为，植物不仅仅互相交流痛苦与疼痛，就像人们在医院候诊室等候看病一样，它们还互相提醒面临的危险。

杜甫曾云："感时花溅泪，恨别鸟惊心。"这两句诗无意引证了千年之后波恩大学科学家们的研究，诗人是大自然的一个特殊器官，越伟大越杰出的诗人越是如此，他们在倾听自己内心世界时也能倾听天籁，否则何来这千年之后的巧合？

蜀南竹海里的竹子，蓬勃旺盛到肆无忌惮的地步，坦荡地在竹子部落里快乐成长，较之城市庭院里那些盆景般缩在墙角里的同类，委实幸运和幸福得多。

当然，它们承受的关注甚至诗意的爱抚也少得多，这就是自由的低价。

竹海里的竹子们，肯定是有着自己的声音的，公竹和母竹会互相倾吐爱情；嫩绿的竹笋则会呼吸雨水和阳光；竹叶会在竹枝上迎风摇曳，把大粒的露珠调皮地抖落；土层下的竹根们会串门问好，甚至会互相提醒：跟头打声招呼，别忙着开花。

竹子一开花，就意味着生命的终结。

竹海里听竹是一种人生的雅趣，也是机缘，是绿染灵魂绿透身心的一种洗濯。此时，当炎夏渐渐袭来时节，写下“竹思”两字，权当做一剂清凉解暑散吧……

昆虫的故事

昆虫的故事

——孙犁

人的一生，真正的欢乐，在于童年。成年以后的欢乐，则常带有种种限制。例如说：寻欢取乐；强作欢笑；甚至以苦为乐等等。

而童年的欢乐，又在于黄昏。这是因为：一天劳作之后，晚饭未熟之前，孩子们是可以偷一些空闲，尽情玩一会儿的。

时间虽短，其欢乐的程度，是大大超过青年人的人约黄昏后的情景的。

黄昏的欢乐，又多在春天和夏天，又常常和昆虫有关。

一是捉黑老婆虫。

这种昆虫，黑色，有硬壳，但下面又有软翅。当村边的柳树初发芽时，它们不知从何处飞来，群集在柳枝上。儿童们用脚一踢树干，它们就纷纷落地装死。儿童们争先恐后地把它们装入瓶子，拿回家去喂鸡。我们的童年，即使是游戏，也常常和衣食紧密相连。

二是摸爬爬儿。

爬爬儿是蝉的幼虫，黄昏时从地里钻出来，爬到附近的树上，或是篱笆上。第二天清晨，脱去一层黄色的皮，就变成了蝉。

摸蝉的幼虫，有两种方式。一是摸洞，每到黄昏，到场边树下去转游，看到有新挖开的小洞，用手指往里一探，幼虫的前爪，就会钩住你的手指，随即带了出来。这种洞是有特点的，口很小，呈不规则圆形，边缘很薄。我幼年时，是察看这种洞的能手，几乎百无一失。另一种方式是摸树。这时天渐渐黑了，幼虫已经爬到树上，但还停留在树的下部，用手从树的周围去摸。这种方式，有点碰运气，弄不好，还会碰到别的虫子，例如蝎子，那就很倒霉了。而且这时母亲也就要喊我们回家吃饭了。

捉了蝉的幼虫，回家用盐水泡起来，可以煎着吃。（节选）

苍蝇

——周作人

苍蝇不是一件很可爱的东西，但我们在做小孩子的时候都有点喜欢它。我同兄弟常在夏天乘大人们午睡，在院子里弃着香瓜皮瓤的地方捉苍蝇——苍蝇共有三种，饭苍蝇太小，麻苍蝇有蛆太脏，只有金苍蝇可用。金苍蝇即青蝇，小儿谜中所谓“头戴红缨帽，身穿紫罗袍”者是也。我们把它捉来，摘一片月季花的叶，用月季的刺钉在背上，便见绿叶在桌上蠕蠕而动。我们又把它的背竖穿在细竹丝上，取灯心草一小段，放在脚的中间，它便上下颠倒地舞弄；又或用白纸条缠在肠上纵使飞去，但见空中一片片的白纸乱飞，很是好看。倘若捉到一个年富力强的苍蝇，用快剪将头切下，它的身子便仍旧飞去。希腊路吉亚诺思的《苍蝇颂》中说：“苍蝇在被切去了头之后，也能生活好些时光。”大约二千年前的小孩已经是这样的玩耍的了。

我们现在受了科学的洗礼，知道苍蝇能够传染病菌，因此对于它们很有一种恶感。三年前卧病在医院时曾作有一首诗，后半云：

大小一切的苍蝇们，

美和生命的破坏者，

中国人的好朋友的苍蝇们呵，

我诅咒你的全灭，

用了人力以外的最黑最黑的魔术的力。

但是实际上最可恶的还是它的别一种坏癖气，便是喜欢在人家的颜面手脚上乱爬乱舔，古人虽美其名曰“吸美”，在被吸者却是极不愉快的事。希腊有一篇传说，说明这个缘起，颇有趣味。据说苍蝇本来是一个处女，名叫默亚，很是美丽，不过太喜欢说话。她也爱那月神的情人恩迭米盎，当他睡着的时候，她总还是和他讲话或唱歌，使他不能安息，因此月神发怒，把她变成苍蝇。以后她还是纪念着恩迭米盎，不肯叫人家安睡，尤其是喜欢搅扰年轻的人。

苍蝇的固执与大胆，引起好些人的赞叹。何美洛思在史诗中常比勇士于苍蝇，他说，虽然你赶它去，它总不肯离开你，一定要叮你一口方才罢休。又有诗人云，那小苍蝇极勇敢地跳在人的肢体上，渴欲饮血，战士却躲避敌人的刀锋，真可羞了。我们侥幸不大遇见渴血的勇士，但勇敢地攻上来涨我们的头的却常常遇到。（节选）

苍蝇之死

——扎雅·洛桑普赤

那只苍蝇被困在玻璃窗与铁丝纱窗之间，没有谁看见它的存在和所处的境遇。

阳光明媚，微风轻拂。玻璃很透明，纱窗也很透气。苍蝇起初安详自在，只是来回走动，似乎在寻找什么，好像又是在为生计奔波。它忽而爬到玻璃上，忽而又转悠到纱窗上，感受着阳光，呼吸着空气。没有谁打扰它的宁静，也没有谁觉得它需要救助。这只苍蝇就在这方空间里无忧无虑地待着，这里有它需要的食品：不知被谁溅洒在玻璃上的残羹；这里有它需要的饮品：不知何时从纱窗外滴落进来的水花。它的生存似乎已近完满，只要它愿意，它尽可以如此安详地度日了。然而，苍蝇最终还是失去了耐性。更何况，它虽卑贱，飞翔却是它的本能。

就在一阵微风拂过时，苍蝇或许感觉到了喜悦，或许它被惊吓住了，或许它觉得受到了威胁，本能让它飞起保护自己。它忽地飞起，然而，没等它将翅膀扇动几下，便一头撞在了玻璃上，踉跄着掉落下来。苍蝇似乎糊涂了，它静待了几秒，慢慢走了几步，然后又一次飞起。这次它撞在了纱窗上，铁丝纱窗密实又坚硬，苍蝇又重重地落了下来。此刻的苍蝇已经没有了先前的安静，它似乎预感到了什么，一种恐惧、惊悸攫住了它的身心。它又一次莽撞地飞起，却没有了先前的刚毅和沉稳，一阵盲目瞎撞，随着嗡嗡的哀鸣声又一次滚落下来。这次，它或许有些累了，没有飞起，却不断来回走动，来回寻觅，来回思索。苍蝇已经感觉到了禁锢，它无法忍受阳光和空气的施舍，更无法忍受玻璃和纱窗的欺瞒。它嗡嗡叫着，又一次横冲直撞，却又一次重重摔落……

傍晚时分，夕阳西下，落日的余晖惨淡地照在玻璃和纱窗上，也照在一个曾经奋争过的苍蝇的残骸上。此刻，风住了，云也淡了，唯有那只苍蝇虽已死去，看上去仍然精神，似乎仍欲奋争。突然，微风又一次吹起，吹动了它的翅膀，然而，它一动不动，静静地，天地亦为之黯然静默。

蜜蜂

——郭风

静静的日午，我坐在窗前，为外面一片晴美的日光，心中感觉沉醉。

我不知道什么时候，我的耳际充满嗡嗡的声音。这种声音听来是熟悉的，亲切的；但我没有去注意它。过后，我听到这种声音显得焦急，甚至变成愤怒了。

接着，我就看见一只蜜蜂在玻璃窗上碰击着；它鼓着自己的翅膀，想从那里飞出去。它在不久之前，迷了道路，飞进这个房间里来。这是我想得到的。

我看见它在玻璃上撞了好久，都不能够飞出去，后来它在房内冲上冲下地旋飞，那完全失去在花间采蜜时的快乐的样子；我觉得它像一个性急的小孩子，完全地纷乱了。有一回它碰在天花板上，打了一条弧线落在壁上。

我知道它是从上面换气的小窗间飞进来的。我的心中也为此感觉不安，希望它能很快找到出路。

现在我还记得，我找到一支木条在气窗上敲着，意思是提醒它，从那里可以回去的，现在我想起来，真是多么可笑。我为什么不一开始就替它把玻璃窗打开呢?

我看见这只蜜蜂几次飞回玻璃窗上；它一定觉得迷惑：那里不是一片阳光吗？怎样的，它不能够飞到那里去呢?

我把窗打开，它就飞出去了。起初我感觉有些怅惘，马上我感觉格外之快乐。我也不去想，我耽误了它的时间，使它受到不小的恐慌。我看见这只蜜蜂，一条直线地飞进空中。我知道，在那些空旷的地方，到处充满着阳光。

我常常地想起这件事情。我觉得这件事情是非常有意思的；一想到这只蜜蜂，就感觉亲切。

想起蜜蜂是喜欢阳光和花的，喜欢工作的。想到这只蜜蜂从窗口飞出，回到自由的自然界，它心中的快乐是怎么样的呢？我想，我们来想象这种快乐，就是一种极大极大的幸福。

说不定它还会告诉它的同伴们，这个自由的世界，是多么可珍，多么美丽；采蜜是多么快乐的事情！我想，它会说得多么动人的呢。

我想，那些蜜蜂采蜜的地方，我们也到过的，我记得那些地方我们都去过的。那些路旁，开着草莓的白色小花的地方，那些开着一大片金色菜花的菜圃，那些有花开有阳光注满的地方，真是多么美丽!

蜜蜂们便在那些地方采蜜的。

现在我就想起那只蜜蜂，它迷了道路，飞进我的房内来。现在我还记得它在玻璃上热切地碰击着，想从那里飞出去。

我常常想起这件事情的。像它那样地想投向光明，像它那种想回到自然界的急切的心理，我感到多么亲切!

小红虫

——简媜

现在想想，已有两年多了。但那只小红虫就像是我的朋友一样，深深地让我记忆着。

那年我高三，最机器化的年龄，每天窝在图书馆死啃活啃得不知天昏地暗。

有一天晚上，我正在背地理笔记，昏昏沉沉之际，突然发现一只很小很小的小红虫，比一粒沙子还小，慢慢地爬上我的笔记簿。我感到很新鲜，从来没见过这么小的虫，我几乎要怀疑是不是眼花了，把随手一点的红圆珠笔水看成是虫。但它真的在动，我瞪大眼睛看了一会儿，是真的小虫没错！多新鲜！我不禁趴在桌上看得出神。好可爱的小不点儿，它一定是刚到这个世界不久，瞧它红得那么弱，步伐那么轻细，只要我大力点儿呼吸，怕不把它吹到十万八千里远才怪哩！它没有固定的方向，似乎是漫无头绪地在摸索，它一定没搞清楚它站的地方到底是什么玩意儿。不过，我发觉它对颜色的辨别力很高，尤其是黑色，只要一碰到黑色，就马上变换方向，而且动作急速，仿佛相当惧怕的样子。最后，它终于穿过字与字之间的空隙，到达笔记簿上最大块的空白地方，它似乎很喜欢白色。我想，它是不会知道有我这么一个人正目不转睛地注视着它。它在白色的纸上安步当车，一点儿也意识不到是否有突发性的危险。我伸出一根指头慢慢地往下靠近它，希望它知道我的存在。可惜它没有经过光线投射下的黑影。我的指头一直随着它移动，而它仍是不知不觉，我不知道小虫的世界里，有没有第三空间的存在，我的指头在它的上面猛动不停，它还是没知觉。

这可惹恼了我，有几次，我几乎要直直压下去，对我而言，这是个很简单的动作，但我没这么做，说不上来为什么，杀一只虫还不至于有一秒钟的罪恶感，但我就是没压死它。不过，我打算给它一个难关，惩罚它对我的妨碍，如果它通过了，我就把笔记簿让给它去逍遥，如果没通过，只好不客气地请它另谋出路。我在桌上敲几下，算是通知它了。于是，拿起黑色圆珠笔，在它的周围画一个大圆圈，然后慢慢涂黑，让黑色一步一步向它逼近。它的反应立即可见，急速地四处乱撞，碰到黑色就掉头，像被包围在熊熊烈火之中的人一样，只会乱冲乱撞，那样的惊恐、焦虑、无助。我想它现在的心情，大概跟我有一次走在地下道，突然灯全黑了，畏惧得不知如何是好的感觉一样。我的笔尖继续逼近它，它反向逃避，我转向又逼近，它错乱的程度几近疯狂，只会团团转，只会在渐渐缩小的空白里慌乱得不知所措，它那样地惧怕黑暗。我想，如果它知道上帝，我相信它会死命地喊着上帝，而这时候，我无疑是它的上帝。最后，一团漆黑当中只留一点点空白让它立足，我囚住它了。

我怀疑它是否能走出去，它是如此地畏惧黑暗。也许对一个小生命，这么做太苛刻了。我在想要不要释放它。突然，出乎我意料地，它静了下来，在仅存的空白里一动也不动，仿佛死去一般。我不禁纳闷儿起来，然而更让我惊讶的事发生了，我几乎不相信自己的眼睛，它竟然动了，不是在空白里转动，而是一步步慢慢地往黑暗走去，很笃定地，朝着一定的方向，很镇定地走，没有慌乱，没有焦虑，更没有畏惧，像一只走惯黑暗的虫。是什么力量让它把黑色透视成白色，让它那么肯定黑暗之后就是白色？它只不过是一只小小的虫子罢了，它怎么能够……？它终于走出黑暗，我囚不住它，认输地把笔记簿让给它。

我想，它已有资格去走遍一个地球。

蚕

——雷抒雁

她在自己的生活中织下了一个厚厚的茧。

那是用一种细细的、柔韧的、若有若无的丝织成的。是痛苦的丝织成的。

她埋怨、气恼，然后就是焦急，甚至折磨自己，同时用死来对突不破的网表示抗议。

但是，她终于被疲劳征服了，沉沉地睡过去。她做了许多的梦，那是关于花和草的梦，是关于风和水的梦，是关于太阳和彩虹的梦，还有关于爱的追求以及生儿育女的梦……在梦里，她得到了安定和欣慰，得到了力量和热情，得到了关于生的可贵。

当她一觉醒来，她突然明白拯救自己的，只有自己。于是，她便用牙齿把自己吐的丝一根根咬断。咬破自己织下的茧。

果然，新的光芒向她投来，像云隙间的阳光刺激着她的眼睛。新的空气，像清新的酒，使她陶醉。

她简直要跳起来了！她简直要飞起来了！一伸腰，果然飞起来了，原来就在她沉睡的时刻，背上长出了两片多粉的翅膀。

从此，她便记住了这一切，她把这些告诉了子孙们：你们织的茧，得你们自己去咬破！蚕，就是这样一代代传下来。

蜻蜓

——郭嗣汾

夜深了。我关了台灯，扭燃了床头的小灯，正准备上床就寝时，书桌旁边的纸门上响着“扑扑”的声音，我相信一定又是蟑螂来啃那刚换上的新纸了，赶快起来拿着拖鞋，准备给它来一个迎头痛击！可是，当我走近时，发现纸门上有一只蜻蜓在爬着，不是令我头痛的蟑螂。

我这份紧张立刻松下来，扭亮了台灯，那只蜻蜓毫不犹豫地就扑到灯罩上，浅蓝色的灯罩把它衬得特别美。

也许它需要热，也许它需要光明，也许是外面无边黑暗和斜风细雨把它赶入我这间小房里。当它飞到灯罩上爬了几步之后，就安静地停下来了。

这一不速之客并不是不受欢迎的。它的头微昂着，正对着我，我不知道在它的千百对复眼中，我变成了什么形状？但我却十分友善地看着它，手中的拖鞋老早丢下去了。

我很少如此靠近又如此安闲地欣赏过一只蜻蜓，它的确很美丽，像一幅出自名家的图案画。身下六条纤细的长脚，支持着全身的重量，尾巴长长地拖在后面，色彩斑斓。它的身体构造和色彩的调合，都是完美的艺术创造。想想人类用来掠过天空的飞机，原始的灵感不正是从它的身上得来的吗？对着这一位远来的客人，我不知道如何招待它？也不能对它说一句西洋人的口头禅："我能帮助你吗？"不过，假如这就是它要找的光和热，那么它已经找到了；如果它是为了逃避外面的黑暗与风雨，那么它已经逃开了。在这里，它将是安全的，在灯罩下面，它不必担心灯光烧灼着它；有灯光保护，不必担心壁虎来吃掉它。等到明天早上也许会天晴，它也会安全地回到它的世界里去了。

微风吹动着窗帘，外面仍在风雨中。我关上小窗，回到床上，让台灯开着。但是，我相信我会睡得很安稳，虽然我平常不习惯开着灯睡觉的。

蚂蚁的救助

——南北

夏天的一个下午，我给放在阳台上的几盆花木浇水。在浇石榴时，看到有几只黄蚂蚁浮在水面上，挣扎着。我知道，蚂蚁虽不会游泳，但它们是一些生命力极强的小生灵。我没有对它们实施救援，因为花盆中的水几分钟后就会洇下去，蚂蚁们就可以自由着陆了，决无生命危险的。

不一会，水没有了。几只蚂蚁在湿漉漉的泥土上又恢复了正常活动，但有两只不幸的黄蚂蚁被湿泥埋住了半个身子，在那里努力挣扎着向外爬，可又爬不出来。我想，我应该救助一下这两个遇难者了。我必须找一个细小的工具，不然，用手指或稍微粗大的棍棒，都可能将救助变成杀生。但是，就在此时，一件意想不到的事情发生了：当我从室内取了一枚大头针走出来时，发现两只被埋的蚂蚁同时被另两个同伴救助着。那两只来救助的黄蚂蚁都在用力向外拉扯着它们。我放弃了与两只英勇救助同伴的黄蚂蚁争功的机会，静静观察着这个夏天让我的心灵感动的生命故事。

一只蚂蚁先被同伴救了出来。另一只在救助者的努力拉扯下，也从泥土中挣出了身子。它们在小心翼翼向四周探试了一番后，便迅速地逃离了。奇怪的是有一只救援的黄蚂蚁，在救出同伴后并没有一起离开，而是在救助现场的泥土上，继续衔咬着泥土，似乎下面还有什么东西被埋着。我想看个究竟，就没有打扰它。不久，我看到有一对小小的触角晃动着露了出来，不仔细看还发现不了，原来下面还有一只遇难的同伴。这次我必须帮助它们了，因为这场水灾是我造成的，对于这些小小生灵，我是负有责任，甚至可以说是有罪过的。

极其小心地，我用针尖挑开泥土，果然有一只小蚂蚁露了出来。救助的黄蚂蚁看到同伴后，立即上前去亲吻触抚，并试图把它衔走。这时被救的蚂蚁已恢复过来，与救助的蚂蚁互相用触角碰了一下，便一起爬开了。

我不是昆虫行为学家，不知道蚂蚁的救助行为是偶然还是自然的本能，但我觉得在这一点上它们确实是表现出了一种人类所具有的道德理念。

不，也许我又错了。它们其实比人类做得更好，因为它们不具有功利意识和附加条件。

枯叶蝴蝶

——徐迟

峨眉山下，伏虎寺旁，有一种蝴蝶，比最美丽的蝴蝶还要美丽些，是峨眉山最珍贵的特产之一。

当它合起两张翅膀的时候，像生长在树枝上的一张干枯了的树叶。谁也不去注意它，谁也不会瞧它一眼。

它收敛了它的花纹、图案，隐藏了它的粉墨、彩色，逸出了繁华的花丛，停止它翱翔的姿态，变成了一张憔悴的，干枯了的，甚至不是枯黄的，而是枯槁的，如同死灰颜色的枯叶。

它这样伪装，是为了保护自己。但是它还是逃不脱被捕捉的命运。不仅因为它的美丽，更因为它那用来隐蔽它的美丽的枯槁与憔悴。

它以为它这样做可以保护自己，殊不知它这样做更教人去搜捕它。有一种生物比它还聪明，这种生物的特技之一是装假作伪，因此装假作伪这一种行径是瞒不过这种生物——人的。

人把它捕捉，将它制成标本，作为一种商品去出售，价钱越来越高。最后几乎把它捕捉得再也没有了。这一生物品种快要绝种了。

到这时候，国家才下令禁止捕捉枯叶蝶。但是，已经来不及了。国家的禁止更增加了它的身价。枯叶蝶真是因此而要绝地绝灭了。

我们既然有一对美丽的和真理的翅膀，我们永远也不愿意合上它们。做什么要装模作样，化为一只枯叶蝶，最后也还是被售，反而不如那翅膀两面都光彩夺目的蝴蝶到处飞翔，被捕捉而又生生不息。

我要我的翅膀两面都光彩夺目。

我愿这自然界的一切都显出它们的真相。

美丽的蝴蝶

——（美国）罗杰·迪安·凯瑟

在我的生命里，有那么一段时光，美，对我而言，是别有一番滋味在心头。估摸那时我才六七岁。

有个星期六，我吃完早餐回来，看见宿舍管理员正在追捕美丽的黑脉金斑蝶。几百只这样的蝴蝶出没在孤儿院各处零星的杜鹃花丛里。

我仔细地看着他如何一只又一只地捕捉这些美丽的生灵，如何把它们从网兜里取出来，如何用细长的直针穿过它们的头部和翅膀，如何把它们钉在一张厚重的卡板纸上。

这时电话铃响了，宿舍管理员放下宽大的卡板纸，进屋去接电话。我走上前看着一只刚被他钉在卡板纸上的蝴蝶。它还在动，于是我把它拿下来，它马上扑闪着翅膀飞呀飞呀，想要飞走。可是它的另一只翅膀还被另一根针钉着。结果翅膀断了，蝴蝶掉落地面，颤抖着。

我捧起断了的翅膀和蝴蝶，把口水吐在断翅上想把它粘回去。指望蝴蝶可以趁宿舍管理员没回来的时候飞走，重获自由。然而断翅再也长不回它的身上了。

我所记得的下一件事便是宿舍管理员从垃圾房旁边的后门走了回来，开始冲我大骂。我告诉他我什么也没有做，但是他不相信。他抓起卡板纸往我的头顶打来，打得到处都是蝴蝶的残肢断翅。末了，他把卡板纸扔在地上，命令我捡起来丢进宿舍后屋的垃圾桶里去。

我坐在泥地里，在一棵古老的大树旁边，花了好长好长的时间，尝试着把所有蝴蝶的残肢断翅一一对上，好给它们全尸安葬。然而，这太难做到了。于是，我为它们做完祷告，把它们装进一个又旧又破的鞋盒里，埋在了地堡的底部。地堡是我事先建好的，外面傍着大株大株的竹子，离丛丛的黑莓不远。

每年蝴蝶回到孤儿院想要停在我身上的时候，我总要想办法把它们嘘跑。因为它们不知道孤儿院是个生存的坏地方，也是个不得好死的去处。

雌蚊子

——佚名

无论你是谁或来自什么地方，有一件事相当肯定：你与蚊子很熟悉，虽然你很可能并不希望如此。蚊子到处可见，在全世界都可以发现它们。它们的种类超过两千五百种。可以肯定，你曾经在什么地方遇到过至少一种蚊子。

没人喜欢蚊子。但不幸的是她可能会决定“喜欢”你。她？是的，是她。你以前知道只有雌蚊子才叮人吗？然而，这是事实。这并不是因为她不友好，而是因为她需要血液来繁殖后代。

你知道雌蚊子是怎样选定叮咬对象的吗？她的选择能力很强，并很小心地挑选受害者。首先，她用两只触角和三对腿上的传感器来寻找叮咬对象，并借助于这些传感器来探查你身体的湿度、热度以及你汗液里的化学物质。如对你不感兴趣，她会扔下你去找更有味道的人。下次你如果被叮了，请记住，你是被特殊选出来的。

如果蚊子喜欢你，她就轻轻地落在你的肉体上，并用她的喙尖刺开你的皮肤。喙尖是什么呢？这是一种嘴，长在蚊子眼睛下边一点。它包括六只锐利的叫做口针的器具。她把六只口针一齐刺进你的皮肤。如果碰上血管，她会在一分钟内饱餐一顿。这一切发生得如此之快又如此之寂静，你也许不会想到有什么事正在发生。

为什么蚊子叮了会发痒呢？这痒并不是直接由叮咬产生的。它来自蚊子的唾液，蚊子靠这唾液与你的血液相混合，才使血液吸入喙尖时不致凝结。当你感到痒时，她已飞走了。

然后怎样了呢？在一顿饱餐后蚊子就累了。她所需要的只是找个地方休息一下。带着你的沉重的血，她在树叶上或墙上或石头上啄一个点来静静地产下她的卵。一滴血可繁殖数百枚卵。

她的配偶这时在什么地方呢？他们的关系已经结束，雄蚊子已不再呆在雌蚊子旁边了。他们是在雌蚊子叮你之前交配的。那以后，雌蚊子可活一到两个月。在这段时间里她产卵四到五次。

所有的蚊子，雄蚊子和雌蚊子都是在水里或靠近水的地方度过它们的早期发育阶段的。实际上，虽然蚊卵在干旱的陆地上等待水的时间里，可存活长达五年之久，但没有水，蚊卵是不会孵化的。这就不用奇怪，为什么大雨之后会产生大量的蚊子了。

但为什么大自然要费心创造蚊子呢？仅仅是为了使我们烦恼吗？这大概不是主要原因。雄蚊子靠花蜜生活，并且一些科学家认为，当雄蚊子从一朵花飞往另一朵花时会给花授粉。当然，蚊子得繁殖，并且把你我不幸地卷了进去。不论你喜不喜欢，蚊子还将存在下去。哎哟，一只蚊子刚叮了我！

花茎上的蜘蛛网

——张心

学校的院墙外耸立着一座绵延数里的小山。深秋时节山坡上长满了金灿灿的野菊花。淡绿色的叶子，衬着一颗黄澄澄的花心，韵致特别。微风拂过，散发出一股沁人心脾的幽香。

听学姐说，这种野菊花具有清热解毒、提神醒脑的功效。于是，在一个风和日丽的早晨，我约上几位好友，一同上山采菊花。

一簇簇，一丛丛，在明媚的阳光下千姿百态，只轻轻一捋，整个花瓣洒落掌心。顺着半山腰望去，还有更多，更大的。我抚摸着一朵野菊花，仔细地打量着格外美丽的花盘，陷入了无边的遐想……

沉思中，我的目光无意中洒向花茎，眼前的一幕令我大吃一惊：花茎上缠绕着一张稠密的蜘蛛网，一只悠闲的蜘蛛正躺在网上休息。在我的记忆中，蜘蛛网都是结在布满灰尘的角落里，那么这只蜘蛛为何要把网结在花茎上呢？充满好奇心的我苦苦地思索着……突然，我眼睛一亮，领悟到了蜘蛛的良苦用心。原来，野菊花色泽艳丽，浓郁清香，引来一群群小飞虫在花蕊四周飞来飞去，一不小心就会撞到蜘蛛网。这样，蜘蛛不费吹灰之力便可享用一顿美餐。

大自然赐予蜘蛛一次绝好的机会，它心领神会，不失时机地在花茎上织出一张硕大的网，从而捕获了一顿丰富的美餐。

人在一生中，出现的时机有多有寡，善于抓住时机的人，到处是良机。学会把握时机，这是顺利度过人生的一大课题。

火炉

——孙犁

我有一个煤火炉，是进城那年买的，用到现在，已经三十多年了。它伴我度过了热情火炽的壮年，又伴我度过着衰年的严冬。它的容颜也有了很大的改变，它的身上长了一层红色的铁锈，每年安装时，我都要举止艰难地为它打扫一番。

我们可以说得上是经过考验的，没有发生过变化的。它伴我住过大屋子，也伴我迁往过小屋子，它放暖如故。大屋小暖，小屋大暖。小暖时，我靠它近些；大暖时，我离它远些。小屋时，来往的客人，少一些；大屋时，来往的客人，多一些。它都看到了。它放暖如故。

它看到，和我同住的人，有的死去了，有的离去了，有的买制了新的火炉，另外安家立业去了。它放暖如故。

我坐在它的身边。每天早起，我把它点着，每天晚上，我把它封盖。我坐在它身边，吃饭，喝茶，吸烟，深思。

我好吃烤的东西，好吃有些糊味的东西。每天下午三点钟，我午睡起来，在它上面烤两片馒头，在炉前慢慢咀嚼着，自得其乐，感谢上天的赐予。

对于我，只要温饱就可以了，只要有一个避风雨的住处就满足了。我又有何求！

看来，我们的关系，是不容易断的，只要我每年冬季，能有三十元钱，买两千斤煤球，它就不会冷清，不会无用武之地，我也就会得到温暖的！

火炉，我的朋友，我的亲密无间的朋友。我幼年读过两句旧诗：炉存红似火，慰情聊胜无。何况你不只是存在，而且确实在熊熊地燃烧着啊。

古土罐

古土罐

——贾平凹

我来自乡下，其貌亦丑，爱吃家常饭，爱穿随便衣，收藏也只喜欢土罐。西安是古汉唐国都，出土的土罐多，土罐虽为文物，但多而价贱，国家政策允许，容易弄来，我就藏有近百件了。家居的房子原本窄狭，以致于写字台上，书架上，客厅里，甚至床的四边，全是土罐。我是不允许孩子们进我的房子，他们毛手毛脚，担怕撞碎，胖子也不让进来，因为所有空间只能独人侧身走动。曾有一胖妇人在转身时碰着了一个粮仓罐，粮仓罐未碎，粮仓罐上的一只双耳唐罐掉下来破为三片。许多人来这里叫喊我是仓库管理员，更有人抱怨房子阴气太重，说这些土罐都是墓里挖出来的，房子里放这么多怪不得你害病。我是长年害病，是文坛上著名的病人，但我知道我的病与土罐无关，我没这么多土罐时就病了的。至于阴气太重，我却就喜欢阴，早晨能吃饭的是神变的，中午能吃饭的是人变的，晚上能吃饭的是鬼变的，我晚上就能吃饭，多半是鬼变的。有客人来，我总爱显示我的各种土罐，说它们多朴素，多大气，多憨多拙，无人了，我就坐在土罐堆中默看默笑，十分受活。

我是很懒惰的人，不大出门走动，更害怕去社交应酬。自书画渐渐有了名，虽别人以金来购，也不大动笔，人骂我借墨，吝啬佬，但凡听说哪儿有罐，可以弄到手，不管白日黑天，风寒雪雨，我立即就赶去了。许多人因此而骗我，提一只土罐来换几个字，或要送我一只土罐而要求去赴一个堂会，上当受骗多了，我也知道要去上钩入瓮，但我控制不了我，我受不了土罐的诱惑。我想，在权力、金钱、女色、名誉诸方面，我绝对有共产党人的品质，而在土罐方面不行。对于土罐的如此嗜好，连我也觉得不解，或许我上上的那一世曾经是烧窑的？或许我上上的哪一世是个君王富豪？

这些土罐，少量是古董市场上买的，大量是以字画变换，还有一些，是我使了各种手段从朋友、熟人手中强夺巧取而来。在我洋洋得意收藏了近百的土罐之时，一日去友人芦苇家，竟然见得他家有一土罐大若两人搂抱，真是馋涎欲滴，过后耿耿于怀，但我难以启口索要，便四处打听哪儿还有大的，得知陕北佳县一带有，雇车去民间查访，空手而归，又得知径阳某人有一巨土罐，驱车而去，那土罐大虽大，却已破裂。越是得不到越想得到，遂鼓足勇气给芦苇去了一信，写道——古语说，神归其位，物以类聚。我想能得到您存的那只特大土罐。您不要急。此土罐虽是您存，却为我爱，因我收集土罐上百，已成气候，却无统帅，您那里则有将无兵，纵然一木巨大，但并不是森林，还不如待在我处，让外人观之叹我收藏之盛，让我抚之念兄友情之重。当然，君子是不夺人之美，我不是夺，也不是骗，而要以金购买或以物易物。土罐并不值钱，我愿出原价十倍数，或您看上我家藏物，随手拿去。古时友人相交，有赠丫环之举，如今世风日下，不知兄肯否让出瓦釜？信发出后，日日盼有回复，但久未音讯，我知道芦苇必是不肯，不觉自感脸红。正在我失望之时，芦苇来电话："此土罐是我镇家之物，你这般说话，我只有割爱了！"芦苇是好人，是我知己，我将永远感谢他了。我去拉那巨大土罐时，特意择了吉日，回来兴奋得彻夜难眠，我原谅着我的掠夺，我对芦苇说：物之所得所失，皆有缘份啊！

现在，巨大土罐放在我的家中，它逼着一些家什移位于阳台上，而写字台仅留给我了报纸一般大的地方。我在想，这套房子到底是组织上分配给我住的还是给土罐住的？这些土罐是谁人所做，埋入谁人坟墓，谁人挖掘出土，又辗转了谁人之手来到了我这里？在我这里呆过百年了又落在哪人手中，又有谁能还知道我曾经收藏过呢？土罐是土捏烧而成，百年之后我亦化为土，我能不能有幸也被人捏烧成土罐，那么，家里这些土罐是不是有着汉武帝的土，司马迁的土，唐玄宗或李白的土？今夜，月明星稀，家人已睡，万籁俱静，我把每个土罐拍拍摸摸，以想象，在其身上书写了那些历史的人名，恍惚间，便觉得每个土罐的灵魂都从汉唐一路而来了，竟不知不觉间在一土罐上也写下了我的名字。

茶杯

——贾平凹

我戒酒后，嗜茶，多置茶具，先是用一大口粗碗，碗沿割嘴，又换成宜兴小壶，隔夜茶味不馊，且壶嘴小巧，噙吮有爱情感。用过三月，缺点是透壶不能瞧见颜色，揭盖儿也只看着是白水一般，使那些款爷们来家了，并不知道我现在饮的是龙井珍品！便再换一玻璃杯，法兰西的，样子简约大方，泡了碧螺春，看薄雾绿痕，叶子发展，活活如枝头再生。便写条幅挂在墙上：无事乱翻书，有茶请待客。人便传我家有好茶，一传二，二传三，三传无数，每日来家饮茶人多，我纵然有几个稿酬，哪里又能这么贡献？藏在冰箱中的上等茶日日减少了。还有甚者，我写作时，烟是一根一根抽，茶要一杯一杯饮的，烟可以不影响思绪在烟色中去摸，茶杯却得放下笔去加水，许多好句就因此被断了。于是想改换大点茶杯，去街上数家瓷店，杯子都是小，甚至越来越到沙果般小，店主说，现在富贵闲人多，饮茶讲究品的。我无富贵，更无有闲，写作时吸烟如吸氧，饮茶也如钻井要注水一样，是身体与精神都需要的事，品能品出文章来？

十月十五日，本单位的宋老兄说过要请吃的，割八斤羊肉，红焖一顿，但却迟迟没动静，去穆老弟处打问，却见他桌上有一杯，高有六寸，粗到双掌张开方能围拢，还有个盖儿，通体白色，着青色山水楼阁人物图，古也不古，形状极其厚朴，顿生掠夺之心。问是哪儿买的，不嗜茶的人却用这等杯子？穆老弟口吻严重，说是专制的，无处可买，又说：你想要了，可以给你，得写一幅字交易。我惜我书法，素不轻易送人，说：一个杯子一千元呀？却还是当下写就，清洗了杯子携回。从此饮茶用此杯，日晚不离案头。此杯之好，泡茶能观茶形水色，又不让谋我茶的人从外看见，仅我独享，抓盖顶疙瘩，椭圆洁腻，如温雪。最合意的是它憨拙，搂在手中，或放在桌上，侧面看去，杯把儿作人耳，杯子就若人头，感觉里与可交之人相交。写作时不停地饮，视那里盛了万斛，也能饮得我满腹的文章。

我常想，世上能用此等大杯饮茶的，一是长途汽车的司机，二就是我了，都是靠苦力吃饭的人。但司机多用罐头瓶、咖啡瓶当壶，我却是青花白瓷杯，这便是写作人仅有的一点清高吧？李白有过一句：唯有饮者留其名。如果饮者不仅指饮酒，也该有饮茶，那我就属饮者之列了。今冬里，家有来客见我皆笑，说是个头小茶杯大，我笑而不答，但得大杯之趣了，是不与他人传授的。

在横风斜雨中，很喜欢撑一把伞，走在山路上，或漫步在公园中。

景物经过雨的灌濡，分外鲜明，仿佛浴后的少女，在给予人晶莹清爽的感觉。

这些澹美的景致，是透过一圆的伞下窥望，不是从窗内外望——那永远只是一帧幻灯片，没有变化；只有跟着伞的挪动，才可以欣赏到一框框不同的雨景，就如电影镜头的推移，它带我们去遨游超出平日生活范畴的景致：

“雨后的宇宙，好像泪洗过的良心，寂然幽静，海上泛着银波，天空还晕着烟云，松原很青森。”

这个镜头是美致的，但可惜是一个凝镜，少了一点动态感。只有在雨中，才可以看到活跃的图景：

“……银丝似的细雨，乘着料峭的斜风，飞快地抛着梭，织出一层银灰的薄绡，罩着山上的迂曲小路。”

这是对春雨鲜活的写照，是一组电影镜头，因此，也更具吸引力。

因为有了伞，我们可以在雨中通行无阻，可以在它的荫蔽下看雨景、走路、办事……。

伞下的天地很小，也很大。

一把大伞，它的直径也只有四尺上下，寻常也只有二三尺，在这一片小方圆下，它只能容纳一二个人！

然而因为有了它，我们可以走得更远，看得更多。这时，它的作用，是要用几何级数来算计的。

曾撑着一把伞，在风雨中作“千岛之国”之行，在菲律宾马科斯夫人的家乡突鲁万，看到一帧令人难忘的伞景：绵绵雨中，一群群穿着天蓝色衣裙的女学生，撑着一把把不同颜色的伞，自远而来，晃呀晃的，恍然间，如一朵朵美艳的睡莲，姗姗地抖着水珠。置身那僻远的异国，猝然看到这一奇景，直如一只只色彩斑斓的生命之舟，浮泛在空宇间，叫人振奋！

雨中伞，是富韵致的，情侣就很喜欢那小小的天地，在雨中织起一缕缕炽热的情丝；两人共用一把伞，在情侣眼中，是一种充满蜜意的情趣，贴得近，因为有了借口，绵绵情意与喁喁细语浑沦交融，又那么天衣无缝！

现代人的伞，花样多而美观。但对家乡福建的油纸伞，却情有独钟，尤其是那特有的桐油香味，和雨打在伞上的清脆声，一如檐下的滴水，淅淅可辨，蔚成一阕特异的音乐，自有另一番风味！

管是布伞还是油纸伞，都是人们风雨中的恩物，但在雨过天晴后，人们很快便把它忘记了。它们孤零零被丢在暗角里，人们也不提了，只有到下一个风雨来，它又重新被捡出来了。

功成身退，但到了患难的关头，又挺身而出，在这个功利的社会，这是不可多得的美德！

我有一个风铃，是朋友从欧洲带回来送我的，风铃由五条钢管组成，外形没有什么特殊，特殊的是，垂直挂在风铃下的木片，薄而宽阔，大约有两个手掌宽。

由于那用来感知风的木片巨大，因此风铃对风非常地敏感，即使是极稀微的风，它也会丁丁当当地响起来。

风铃的声音很美，很悠长，我听起来一点也不像铃声，而是音乐。

风铃，是风的音乐，使我们在夏日听着感觉清凉，冬天听了感到温暖。

风是没有形象、没有色彩、也没有声音的，但风铃使风有了形象，有了色彩，也有了声音。

对于风，风铃是觉知、观察与感动。（节选）

吊床

——阳晓著

很久很久以前，一位小女孩儿渴望着有一张吊床。

那仿佛是摘下白云纺织成线，细细密密编织而成的吊床。好想坐在上面，悠悠地摇荡。

“吊床是不是像摇篮一样呢？还是像浮荡在空中的一只软软的小船？”在两株高耸入云端的大树中间系起吊床，人睡在其中，也许要梦见自己变作了鸟儿呢。

可是，在小女孩的院子里，能系起吊床的那种大树，连一株都不曾有。

初夏，镇上的花木集市开张的时候，小女孩拿出所有的积蓄，买下了两株树苗。那是两株只长着比手指还细的枝丫的枫树苗。

“你现在只有这么小的一丁点儿，可是你一定会长大，一定会长得粗粗壮壮，足够系起吊床来。把你们好好儿种进地里，快快长哟。”

小女孩俯身望着树苗，说道。

从此，她每天毫不间断地为树苗浇水、上肥，郑重其事地培育着这两株树木。

从那以后，好多年过去，到了今年的夏天。在两株枫树之间，两张白色的吊床正悠悠摇曳。吊床上方，绿叶葱茂的树枝如同美丽的太阳伞一般舒张着。树阴里的吊床上，两个孩子正说着话。

“听说，这枫树是咱们姥姥的姥姥种下的。”

可不，姥姥的姥姥就是为了我们才留下了这两株枫树的呢。

枫树沙沙地摇曳着，散发出沁人心脾的芬芳。孩子们的心中，描绘着生活在很久很久以前的那位小女孩的情形。

圣诞匣

——佚名

圣诞是爱，是欢乐，是给予和分享，是大声的欢笑，可以与亲朋好友团聚，会收到亮丽金箔装饰的精美礼物。但最重要的，圣诞是爱——我以前并不这样认为，但是那个圣诞节，当我收到我的学生、那个长着一双天真无邪的漂亮大眼睛和一张软嘟嘟粉色小脸蛋的小精灵马克送给我的神奇礼物时，我相信，圣诞是爱！

马克是一名十一岁的孤儿，他和姨妈住在一起。他的姨妈对不得不承担抚养死去姐姐儿子的义务牢骚满腹，她时刻都在提醒小马克，她是多么的慷慨仁慈，否则他就会无家可归、流浪街头。虽然缺少爱，但小马克仍然是个温和、可爱的男孩。

我没有特别注意到马克，直到每天放学后他都留下来帮我整理教室。（后来我才知道，他是冒着惹火他姨妈的危险）每天在一起的这恬静一小时里我们很少讲话，但是我们都很喜欢这舒服、愉快的氛围。只要讲话，马克说得最多的是他的妈妈。尽管妈妈去世时他还小，但他还记得妈妈的善良、温柔、慈爱，记得妈妈总是花很多时间陪他。

当圣诞节快到来的时候，马克放弃了放学后留下来和我一起整理教室的时光。我希望他能留下，但都好几天了，铃声响后他立刻匆匆跑出教室。

一天下午，我叫住他，问他为什么不留在教室帮助我，我说，我很想他。他暗淡的大眼睛立刻明亮起来，闪出热切的光芒，问我，“你真的很想我吗?”

我解释说他已经成了我最好的助手。“我正打算给你一个惊喜！”他神神秘秘地小声说，“为圣诞节。”说完这些他有些不好意思，之后猛地冲出教室。从那以后，他放学后再也没留下来过。

圣诞节前的最后一天终于到来了。那个下午，迟到的马克悄悄走进教室，手里拿着什么东西藏在背后。“给你礼物。”当我抬起头时他羞怯地说，“我希望你能喜欢它！”

他伸出手，在他的小小手掌心，竟然躺着一个小木盒!

“它很漂亮，马克。里面装着什么呢?”我边问边打开盖子准备看里面。

“不，你看不到它里面有什么！”他忽闪着大眼睛说：“你触摸不到它，或者品尝、感觉到它。但妈妈总是说，它让你每时每刻而且永远都感觉很好，寒冷的夜晚感觉到温暖，孤单的时候感到安全。”

我好奇地注视着空盒子，“马克，这里面到底是什么?可以让我感觉那么好。”我温柔地问他。

“是爱！”他柔柔地低声说，“妈妈总是说，当你送出它时，它是最好的！”说完，他安静地转身离开了教室。

现在，在我客厅的钢琴上还摆放着那个稚拙的粗糙小木盒，当有刨根问底的朋友好奇地挑起眉毛追问我时，我只是微笑，并骄傲地说，“它里面盛着爱！”